Gabriel García Márquez:
Der Oberst hat niemand, der ihm schreibt
Roman

Aus dem Spanischen übersetz
und mit einem Nachwort
von Curt Meyer-Clason

Deutscher
Taschenbuch
Verlag

dtv

Von Gabriel García Márquez
sind im Deutschen Taschenbuch Verlag erschienen:
Das Leichenbegängnis der Großen Mama (1237)
Laubsturm (1432)
Der Herbst des Patriarchen (1537)
Die böse Stunde (1717)
Augen eines blauen Hundes (10154)
Hundert Jahre Einsamkeit (10249)
Die Geiselnahme (10295)
Bericht eines Schiffbrüchigen (10376)
Chronik eines angekündigten Todes (10564)

Ungekürzte Ausgabe
1. Auflage Dezember 1980
6. Auflage September 1987: 72. bis 81. Tausend
Deutscher Taschenbuch Verlag GmbH & Co. KG,
München
Lizenzausgabe mit freundlicher Genehmigung des
Verlags Kiepenheuer & Witsch, Köln

Titel der Originalausgabe: ›El coronel no tiene
quien le escriba‹
 · ISBN 3-462-01179-0
Umschlaggestaltung: Celestino Piatti
Gesamtherstellung: C. H. Beck'sche Buchdruckerei,
Nördlingen
Printed in Germany · ISBN 3-423-01601-9

Der Oberst hob den Deckel der Kaffeebüchse und stellte fest, daß nur noch ein Löffel voll übrig war. Er nahm den Topf vom Herd, goß die Hälfte des Wassers auf den Lehmfußboden und kratzte über dem Topf mit einem Messer die Büchse aus, bis sich mit dem letzten Kaffeepulver der Blechrost löste.

Während der Oberst, am Herd aus gebranntem Ton sitzend, in unschuldiger Zuversicht das Aufkochen des Getränks erwartete, hatte er das Gefühl, giftige Pilze und Schwertlilien wüchsen in seinen Gedärmen. Es war Oktober. Der Morgen versprach schwierig zu werden, selbst für einen Mann seines Schlages, der viele Morgen wie diesen überlebt hatte. Sechsundfünfzig Jahre lang – seit dem Ende des letzten Bürgerkrieges – hatte der Oberst nichts getan als gewartet. Der Oktober war eines der wenigen Dinge, die eintrafen.

Seine Frau hob das Moskitonetz, als sie ihn mit dem Kaffee ins Schlafzimmer treten sah. In der vergangenen Nacht hatte sie einen Asthmaanfall erlitten und war wie betäubt. Aber sie richtete sich auf, um die Tasse entgegenzunehmen.

»Und du?« fragte sie.

»Habe schon getrunken«, log der Oberst. »Es war noch ein gehäufter Löffel übrig.«

In diesem Augenblick begann das Totenläuten. Der Oberst hatte die Beerdigung vergessen. Während seine Frau ihren Kaffee trank, hängte er die Hängematte an der einen Wand aus und rollte sie an der anderen hinter der Tür auf. Die Frau dachte an den Toten.

»1922 geboren«, sagte sie. »Genau einen Monat nach unserem Sohn. Am siebten April.«

Sie schlürfte den Kaffee zwischen rauhen Atemzügen. Ihr Körper bestand nur aus weißem Knorpel auf einem gebeugten und unbeugsamen Rücken. Ihre Atembeschwerden zwangen sie, bejahend zu fragen. Als sie ihren Kaffee ausgetrunken hatte, dachte sie weiter an den Toten.

»Es muß schrecklich sein, im Oktober begraben zu werden«, sagte sie. Doch ihr Mann schenkte ihr keine Beachtung. Er öffnete das Fenster. Der Oktober war in den Innenhof eingezogen. Als der Oberst das üppig wachsende Grün betrachtete und die winzigen Löcher der Würmer in

Lehm, spürte er wieder den unheilvollen Monat in den Gedärmen.
»Ich habe feuchte Knochen«, sagte er.
»Das ist der Winter«, erwiderte die Frau. »Seit es regnet, sage ich dir, du sollst mit Strümpfen schlafen.«
»Seit einer Woche schlafe ich mit Strümpfen.«
Es regnete sanft und pausenlos. Der Oberst hätte sich am liebsten in eine Wolldecke gewickelt und wieder in die Hängematte gelegt. Doch die Beharrlichkeit der zersprungenen Bronzeglocken mahnten ihn an die Beerdigung. »Es ist Oktober«, murmelte er und trat in die Mitte des Zimmers. Erst jetzt fiel ihm der am Fußende des Bettes festgebundene Hahn ein. Es war ein Kampfhahn.
Nachdem er die Tasse in die Küche getragen hatte, zog er im Wohnzimmer die mit einem geschnitzten Holzrahmen eingefaßte Pendeluhr auf. Im Gegensatz zum Schlafzimmer, das viel zu eng war für die Atmung einer Asthmatikerin, war das Wohnzimmer geräumig mit seinen vier Korbschaukelstühlen um ein Tischchen, darauf eine Tischdecke und eine Gipskatze. An der der Uhr gegenüberliegenden Wand das Bild einer

tüllumflorten Dame zwischen Amoretten in einem rosenbefrachteten Boot.
Es war zehn vor halb acht, als er die Uhr aufgezogen hatte. Dann trug er den Hahn in die Küche, band ihn an einen Fuß des Herdes, goß frisches Wasser in den Napf und schüttete ein Handvoll Mais daneben. Eine Horde Jungen drang durch den brüchigen Zaun. Sie setzten sich rings um den Hahn und betrachteten ihn schweigend.
»Seht das Tier nicht so an«, sagte der Oberst. »Hähne nutzen sich ab, wenn man viel hinsieht.«
Die Jungen rührten sich nicht von der Stelle. Einer von ihnen spielte auf seiner Mundharmonika die ersten Akkorde eines Schlagers. »Spiel heute nicht«, sagte der Oberst. »Im Dorf liegt ein Toter.« Der Junge steckte sein Instrument in die Hosentasche, und der Oberst ging ins Schlafzimmer, um sich für die Beerdigung umzuziehen.
Die weiße Wäsche war wegen des Asthmas seiner Frau nicht gebügelt. Folglich mußte der Oberst sich zu dem alten schwarzen Tuchanzug entschließen, den er seit seiner Hochzeit nur

noch bei besonderen Gelegenheiten trug. Es kostete Mühe, ihn in der Tiefe der Truhe zu finden, in Zeitungen gewickelt und gegen Motten durch Naphtalinkugeln geschützt. Auf ihrem Bett ausgestreckt dachte die Frau noch immer an den Toten.

»Er wird Agustín bereits getroffen haben«, sagte sie. »Vielleicht erzählt er ihm gar nicht, wie schlecht es uns seit seinem Tod geht.«

»Mittlerweile werden sie sich über Hähne unterhalten«, sagte der Oberst.

In der Truhe fand er einen altmodischen riesigen Regenschirm. Die Frau hatte ihn bei einer politischen Tombola gewonnen, deren Erlös der Partei des Obersten zugute kommen sollte. Am selben Abend hatten sie einer Freilichtaufführung beigewohnt, die trotz des Regens nicht abgebrochen worden war. Der Oberst, seine Frau und ihr damals achtjähriger Sohn Agustín waren bis zum Schluß unter ihrem Schirn sitzen geblieben. Jetzt war Agustín tot, und die glänzende Schirmseide war von den Motten zerfressen.

»Sieh, was aus unserem Zirkusclown-Schirm geworden ist«, sagte der Oberst, einen seiner Lieblingssätze benutzend, und spannte über seinem Kopf ein geheimnisvolles Gerüst aus Metallstäben auf. »Jetzt kann man damit nur noch die Sterne zählen.«

Er lächelte. Aber die Frau nahm sich nicht die Mühe, nach dem Schirm zu blicken. »So ist es mit allem«, murmelte sie. »Wir faulen bei lebendigem Leib.« Und sie schloß die Augen, um noch inniger an den Toten zu denken.

Als er sich nach dem Tastsinn rasiert hatte – denn seit langem fehlte ihm ein Spiegel –, zog der Oberst sich schweigend an. Sein Beinkleid, an den Waden fast so eng anliegend wie die langen Unterhosen und an den Knöcheln mit Gummibändern befestigt, wurde in der Taille von zwei Laschen desselben Stoffs festgehalten, die in Nierenhöhe durch vergoldete Schnallen liefen. Einen Gürtel trug er nicht. Das Hemd, von der Farbe alter Pappe und hart wie Pappe, verschloß oben ein Kupferknopf, der zugleich den Einsatzkragen hielt. Doch der Einsatzkragen war so fadenscheinig, daß der Oberst auf die Krawatte verzichtete.

Er tat alles so, als ginge es um Grundsätzliches. Die Knochen seiner Hände bedeckte eine durchsichtige, gespannte Haut, die wie die Haut am

Hals von einer Hautkrankheit gefleckt war. Bevor er seine Lackstiefel anzog, kratzte er den verkrusteten Schmutz aus den Nähten. In diesem Augenblick sah seine Frau ihn gekleidet wie am Tag ihrer Hochzeit. Erst jetzt bemerkte sie, wie alt ihr Mann geworden war.

»Du siehst aus, als sei heute ein Ereignis«, sagte sie.

»Diese Beerdigung ist ein Ereignis«, sagte der Oberst. »Es ist der erste Tote seit Jahren, der eines natürlichen Todes gestorben ist.«

Nach neun hörte der Regen auf. Der Oberst wandte sich zum Gehen, als seine Frau ihn am Rockärmel festhielt.

»Kämm dich«, sagte sie.

Er versuchte mit einem Hornkamm die stahlgrauen Borsten zu bändigen. Doch vergebens.

»Ich sehe bestimmt aus wie ein Papagei«, sagte er.

Die Frau musterte ihn. Sie fand nein. Der Oberst sah nicht wie ein Papagei aus. Er war ein dürres, festverschraubtes und -verlötetes Knochengestell. Dank seiner lebhaften Augen nur wirkte er nicht wie in Formol konserviert.

»So siehst du gut aus«, räumte sie ein und fügte hinzu, während ihr Mann das Zimmer verließ:

»Frag den Doktor, ob wir ihm etwas getan haben.«

Sie wohnten am Rande des Dorfs in einem Haus mit Palmdach und abblätternden Kalkmauern. Die Feuchtigkeit hielt an, aber es regnete nicht mehr. Der Oberst ging durch eine Gasse mit dichtstehenden Häusern zum Platz hinunter. Als er in die Hauptstraße einbog, befiel ihn ein Zittern. So weit sein Blick reichte, war das Dorf mit Blumen bestreut. Vor ihren Haustüren saßen schwarzgekleidete Frauen und warteten auf den Leichenzug.

Auf dem Platz begann es von neuem zu nieseln. Der Besitzer des Billardsalons sah den Oberst von der Tür seines Etablissements aus und rief mit weit geöffneten Armen:

»Warten Sie, Oberst, ich leihe Ihnen einen Regenschirm.«

Der Oberst antwortete, ohne den Kopf zu wenden: »Danke, es geht auch so.«

Der Leichenzug hatte sich noch nicht in Bewegung gesetzt. Die Männer mit weißen Anzügen und schwarzen Krawatten unterhielten sich an der Tür unter ihren Regenschirmen. Einer von ihnen sah den Oberst über die Pfützen des Platzes springen.

»Kommen Sie zu uns, Gevatter«, rief er.
Und machte Platz unter dem Schirm.
»Danke, Gevatter«, sagte der Oberst.
Aber er nahm die Einladung nicht an. Er trat unmittelbar ins Haus, um der Mutter des Toten sein Beileid auszusprechen. Das erste, was er wahrnahm, war mannigfaltiger Blumendurft. Dann setzte die Hitze ein. Der Oberst versuchte, sich durch die den Alkoven belagernde Menschenmenge zu drängen. Doch jemand legte ihm die Hand auf den Rücken und schob ihn durch eine Galerie verblüffter Gesichter in das Zimmer hinein zu der Stelle, wo die tiefen, weitgeöffneten Nasenlöcher des Toten waren.
Dort stand die Mutter und scheuchte mit einem geflochtenen Palmfächer die Fliegen vom Sarg. Andere schwarzgekleidete Frauen betrachteten den Leichnam mit dem Gesichtsausdruck, mit dem man in die Strömung eines Flusses blickt. Plötzlich ließ sich eine Stimme im Hintergrund vernehmen. Der Oberst schob eine Frau beiseite, hatte das Profil der Mutter des Toten vor sich und legte ihr eine Hand auf die Schulter. Er biß die Zähne aufeinander.
»Mein aufrichtiges Beileid«, sagte er.

Sie wandte ihm nicht den Kopf zu. Sie öffnete den Mund und stieß ein Geheul aus. Der Oberst zuckte zusammen. Er fühlte sich von einer formlosen Masse, die in schrilles Wehklagen ausbrach, auf den Leichnam zugestoßen. Er suchte mit den Händen einen Halt, fand aber die Wand nicht. Statt dessen stieß er auf andere Körper. Jemand sagte langsam an seinem Ohr mit zarter Stimme: »Vorsicht, Oberst.« Er wandte den Kopf und stand vor dem Toten. Doch er erkannte ihn nicht, weil er hart und tatkräftig aussah und in seinen weißen Lappen mit dem Signalhorn in der Hand ebenso verwirrt wirkte, wie er selber es war. Als er den Kopf hob, um über die schreiende Menge hinweg nach Luft zu schnappen, sah er den verschlossenen Sarg unter seiner Blumenlast, die gegen die Wand kippte, auf die Türe zuschwanken. Der Oberst schwitzte. Seine Gelenke schmerzten. Einen Augenblick später wußte er, daß er auf der Straße stand, weil der Rieselregen seine Lider mißhandelte und jemand ihn mit den Worten am Arm packte:

»Beeilen Sie sich, Gevatter, ich habe auf Sie gewartet.«

Es war Don Sabas, der Pate seines toten Sohnes, der einzige Führer seiner Partei, der politischer Verfolgung entgangen war und noch immer im Dorf wohnte. »Danke, Gevatter«, sagte der Oberst und schritt schweigsam unter dem Schirm mit. Die Kapelle stimmte den Trauermarsch an. Der Oberst bemerkte das Fehlen eines Blasinstruments und empfand zum erstenmal mit Gewißheit, daß der Tote wirklich tot war.

»Der Arme«, murmelte er.

Don Sabas räusperte sich. Er hielt den Schirm mit der linken Hand und den Griff fast in Kopfhöhe, denn er war kleiner als der Oberst. Die beiden Männer begannen zu reden, als der Leichenzug den Platz verlassen hatte. Nun wandte Don Sabas sein untröstliches Gesicht dem Oberst zu und sagte:

»Gevatter, wie geht's dem Hahn?«

»Geht ihm gut«, antwortete der Oberst. In diesem Augenblick hörte man rufen:

»Wo wollt ihr mit dem Toten hin?«

Der Oberst hob den Blick. Er sah den Bürgermeister in Rednerpose auf dem Balkon der Polizeistation stehen. Er war in Unterhosen und Unterhemd, seine gedunsenen Wangen waren unrasiert. Einen Augenblick später erkannte der Oberst die Stimme Pater Angels, der sich lauthals mit dem Bürgermeister unterhielt. Trotz des Regengeprassels auf den Schirmen gelang es ihm, das Zwiegespräch auszumachen.

»Und nun?« fragte Don Sabas.

»Und nun nichts«, antwortete der Oberst. »Der Leichenzug darf nicht an der Polizeistation vorbei.«

»Ich hatte es ganz vergessen«, rief Don Sabas aus. »Ich vergesse immer wieder, daß wir im Ausnahmezustand sind.«

»Aber das ist doch kein Aufstand«, sagte der Oberst. »Das ist doch nur ein armer toter Musiker.«

Der Leichenzug bog in eine andere Richtung ein. Die Frauen der Außenbezirke, die ihn vorbeiziehen sahen, bissen sich schweigend auf die Fingernägel. Doch dann rannten sie mitten auf die Straße und stießen Lobes-, Dankes- und Abschiedsrufe aus, als glaubten sie, der Tote in seinem Sarg könne sie hören. Auf dem Friedhof wurde dem Oberst übel. Als Don Sabas ihn an die Wand drängte, um die Sargträger vorbeizulassen, wandte er dem Oberst ein lächelndes Gesicht zu, begegnete aber einem harten Gesichtsausdruck.

»Was ist Ihnen, Gevatter?« fragte er.

Der Oberst seufzte.

»Der Oktober, Gevatter.«

Sie kehrten durch dieselbe Gasse zurück. Der Regen hatte aufgehört. Der Himmel wurde tief und dunkelblau. Es regnet nicht mehr, dachte der Oberst und fühlte sich besser, blieb aber nachdenklich. Don Sabas unterbrach ihn.

»Lassen Sie sich vom Arzt untersuchen.«

»Ich bin nicht krank«, sagte der Oberst. »Es ist mir nur im Oktober so, als hätte ich Tiere in den Gedärmen.«

»Ah«, machte Don Sabas. Und verabschiedete sich vor der Tür seines Hauses, einem zweistökkigen Neubau mit schmiedeeisernen Fenstergittern. Der Oberst eilte dem seinen zu, begierig, seinen Festanzug loszuwerden. Gleich darauf ging er wieder aus, um im Eckladen eine Büchse Kaffee und ein halbes Pfund Mais für den Hahn zu kaufen.

Der Oberst sorgte für seinen Hahn, obwohl er am Donnerstag lieber in der Hängematte geblieben wäre. Tagelang hörte es nicht auf zu regnen. Im Lauf der Woche schlug die Flora seiner Eingeweide aus. Mehrere Nächte verbrachte er schlaflos, von den pfeifenden Lungen der Asthmatikerin geplagt. Doch der Oktober gewährte am Freitagnachmittag eine Erholungspause. Agustíns Kameraden – Schneidergesellen wie er und Anhänger des Hahnenkampfs – nutzten die Gelegenheit, den Hahn zu begutachten. Er war in Form.

Der Oberst kehrte ins Schlafzimmer zurück, als er und seine Frau wieder allein im Hause waren. Es ging ihr besser.

»Was sagen sie?« fragte sie.

»Sie sind begeistert«, berichtete der Oberst. »Alle sparen, um auf den Hahn zu setzen.«

»Ich weiß nicht, was sie an dem häßlichen Hahn finden«, sagte die Frau. »Mir kommt er merkwürdig vor: Sein Kopf ist sehr klein für die Beine.«

»Sie sagen, daß es der beste im Landkreis ist«, erwiderte der Oberst. »Er ist etwa fünfzig Pesos wert.«

Er war sicher, daß das Argument seinen Entschluß rechtfertigte, den Hahn zu behalten, Erbschaft seines Sohnes, der vor neun Monaten beim Hahnenkampf durchlöchert worden war, weil er Geheiminformationen verteilt hatte.

»Es ist eine Illusion, die dich teuer zu stehen kommt«, sagte die Frau.

»Wenn der Mais alle ist, werden wir ihn mit unserer eigenen Leber ernähren müssen.« Der Oberst nahm sich Zeit zum Nachdenken, während er seine Drillichhosen im Kleiderschrank suchte.

»Es dauert nur noch wenige Monate«, sagte er. »Es steht fest, daß im Januar wieder Hahnenkämpfe stattfinden. Danach können wir ihn zu einem höheren Preis verkaufen.«

Die Hosen waren ungebügelt. Die Frau bügelte sie auf dem Herd mit zwei heißen Kohlebügeleisen über.

»Wozu diese Hast, auf die Straße zu kommen?« fragte die Frau.

»Die Post.«

»Ich hatte vergessen, daß heute Freitag ist«, bemerkte sie, als sie in die Schlafkammer zurückkam. Der Oberst war bis auf seine Hosen angezogen. Sie betrachtete seine Schuhe.

»Diese Schuhe sind reif zum Wegwerfen«, sagte sie. »Zieh doch weiter die Lackstiefel an.«

Der Oberst wurde mutlos.

»Sie sehen aus wie Waisenschuhe«, hielt er ihr vor. »Jedesmal wenn ich sie anziehe, komme ich mir vor wie dem Armenhaus entsprungen.«

»Wir sind Waisen unseres Sohnes«, sagte die Frau.

Auch diesmal überredete sie ihn. Der Oberst war schon unterwegs zum Hafen, noch bevor die Barkassen pfiffen. Lackstiefel, weiße Hose ohne Gürtel und das Hemd ohne Umlegkragen und am Hals mit dem Kupferknopf geschlossen. Vom Laden des Syrers Moisés aus beobachtete er das Anlegen der Barkassen. Zerschlagen von einer achtstündigen Reise in derselben Stellung stiegen die Fahrgäste aus. Immer dieselben: umherziehende Händler und die Leute aus dem Dorf, die vorige Woche verreist waren und gewohnheitsgemäß zurückkehrten.

Die letzte war die Postbarkasse. Der Oberst saß

sie mit angstvoller Verdrießlichkeit anlegen. Auf dem Dach entdeckte er den Postsack, an den Dampfrohren vertäut und mit einem Wachstuch geschützt. Fünfzehn Jahre des Wartens hatten das Ahnungsvermögen des Obersten geschärft. Der Hahn hatte seine Unruhe geschärft. Von dem Augenblick an, da der Postbeamte auf die Barkasse stieg, den Sack losband und ihn schulterte, behielt der Oberst ihn im Auge.

Er verfolgte ihn durch die parallel verlaufende Hafenstraße, ein Labyrinth von Läden und Verkaufsständen mit bunten Auslagen. Jedesmal befiel ihn dabei eine vom Schrecken sehr verschiedene, doch nicht weniger qualvolle Angst. Im Postamt wartete der Arzt auf die Zeitungen.

»Meine Frau läßt fragen, ob Sie etwas gegen uns haben, Doktor«, sagte der Oberst zu ihm.

Er war ein junger Arzt mit schwarzglänzendem Lockenkopf. Sein Gebiß war von unwahrscheinlichem Ebenmaß. Er erkundigte sich nach dem Befinden der Asthmakranken. Der Oberst gab ausführlich Auskunft, wobei ihm keine Bewegung des Beamten entging, der die Briefe in die einzelnen Fächer sortierte. Seine träge Arbeitsweise brachte der Oberst zur Verzweiflung.

Der Arzt nahm seine Briefe mit dem Zeitungspaket entgegen. Legte die wissenschaftlichen Werbeschriften beiseite und überflog die Privatbriefe. Mittlerweile verteilte der Beamte die Post unter die anwesenden Empfänger. Der Oberst beobachtete das Fach mit seinem Anfangsbuchstaben. Ein blaueingefaßter Luftpostbrief erhöhte die Spannung seiner Nerven.
Der Arzt zerriß das Kreuzband der Zeitungen. Er las die Schlagzeilen, während der Oberst, den Blick auf sein Fach geheftet, darauf wartete, daß der Beamte davor stehenblieb. Aber er tat nichts dergleichen. Der Arzt unterbrach die Lektüre seiner Zeitungen. Blickte den Oberst an. Dann blickte er den vor dem Telegrafen sitzenden Beamten an und von neuem den Oberst.
»Wir gehen«, sagte er.
Der Beamte hob nicht den Kopf.
»Nichts für den Oberst«, sagte er.
Der Oberst fühlte sich beschämt.
»Ich habe nichts erwartet«, log er. Wandte dem Arzt einen vollkommen kindlichen Blick zu. »Ich habe niemand, der mir schreibt.«
Sie gingen schweigend zurück. Der Arzt in seine Zeitungen vertieft. Der Oberst in der ihm eige-

nen Art eines Mannes, der den Weg zurückgeht, um eine verlorene Münze zu suchen. Es war ein klarer Nachmittag. Die Mandelbäume des Platzes warfen ihre letzten verfaulten Blätter ab. Es begann zu dunkeln, als sie an die Tür der Praxis gelangten.

»Was gibt es Neues?« fragte der Oberst. Der Arzt reichte ihm verschiedene Zeitungen.

»Schwer zu sagen«, erwiderte er. »Was die Zensur durchgehen läßt, ist nicht leicht zwischen den Zeilen zu lesen.«

Der Oberst las die Schlagzeilen. Internationale Nachrichten. Oben ein vierspaltiger Bericht über die Nationalisierung des Suezkanals. Den Rest der Titelseite füllten die Einladungen zu einer Beerdigung.

»Keine Aussicht auf Wahlen«, sagte der Oberst.

»Seien Sie nicht naiv«, sagte der Arzt. »Wir sind doch schon zu groß, um noch auf den Messias zu warten.«

Der Oberst wollte ihm die Zeitungen zurückgeben, aber der Arzt winkte ab.

»Nehmen Sie sie nach Hause«, sagte er. »Lesen Sie sie heute abend und geben Sie sie mir morgen zurück.«

Kurz nach sieben läuteten auf dem Kirchturm die Glockenschläge der Filmzensur. Pater Angel benutzte dieses Mittel, um die moralische Bewertung des Films anhand der ihm monatlich durch die Post zugehenden Prüfungsliste bekanntzugeben. Die Frau des Obersten zählte zwölf Glockenschläge.
»Schädlich für alle«, sagte sie. »Seit etwa einem Jahr sind die Filme schädlich für alle.«
Sie zog das Moskitonetz herunter und murmelte: »Die Welt ist verderbt.« Aber der Oberst machte keine Bemerkung. Bevor er sich niederlegte, band er den Hahn an den Fuß des Bettes. Schloß das Haus ab und versprühte Insektentod im Schlafzimmer. Dann stellte er die Lampe auf den Fußboden, band die Hängematte fest und legte sich hinein, um die Zeitungen zu lesen.
Er las sie dem Datum nach von der ersten bis zur letzten Seite, einschließlich der Anzeigen. Um elf ertönte das Hornsignal der Sperrstunde. Eine halbe Stunde später beendete der Oberst seine Lektüre, öffnete die Innenhoftür in die undurchdringliche Nacht hinaus und urinierte, belästigt von den Stechmücken, an den Stützbalken. Seine Frau war wach, als er in die Kammer zurückkehrte.

»Sagen sie nichts über die Veteranen?« fragte sie.

»Nichts«, sagte der Oberst. Er löschte die Lampe, bevor er sich in die Hängematte legte. »Anfangs haben sie wenigstens die Liste der Neupensionierten veröffentlicht. Aber seit etwa fünf Jahren hört man nichts mehr.«

Nach Mitternacht regnete es. Der Oberst fand endlich den Schlaf, wachte aber einen Augenblick später durch ein Alarmzeichen seiner Eingeweide auf. Er hörte es irgendwo im Haus tropfen. Bis zum Kopf in eine Wolldecke gewickelt versuchte er, im Dunkeln die undichte Stelle zu entdecken. Ein Faden kalten Schweißes rann ihm das Rückgrat herunter. Er hatte Fieber. Er glaubte spiralenförmig in einem Becken voller Gelatine zu schwimmen. Jemand sprach. Der Oberst antwortete von seiner Revolutionspritsche aus.

»Mit wem sprichst du?« fragte die Frau.

»Mit dem als Tiger verkleideten Engländer, der im Feldlager des Oberst Aureliano Buendía erschien«, antwortete der Oberst. In seinem Fieber kochend, wälzte er sich in der Hängematte. »Es war der Herzog von Marlborough.«

Am Morgen war er zerschlagen. Beim zweiten Messeläuten sprang er aus der Hängematte, hinein in die vom Hahnenschrei gestörte trübe Wirklichkeit. Sein Kopf drehte sich noch in Spiralen. Ihm war übel. Er trat in den Innenhof hinaus und schritt durch das deutliche Geflüster und die düsteren Gerüche des Winters zum Abort. Das Innere des Holzverschlags mit seinem Blechdach war vom Amoniakdunst aus dem Klosettbecken verpestet. Als der Oberst den Deckel hob, stieg aus der Grube ein Schwarm dreieckiger Fliegen auf.

Es war falscher Alarm. Auf dem ungehobelten Holzsitz hockend, empfand er das Unbehagen enttäuschten Verlangens. Dem Stuhldrang war ein dumpfer Schmerz im Verdauungskanal gewichen. Kein Zweifel, murmelte er. Immer das gleiche im Oktober. Und wartete zuversichtlich und arglos, bis sich die Pilze in seinen Eingeweiden beruhigt hatten. Dann kehrte er wegen des Hahns in die Schlafkammer zurück.

»Heute nacht hast du im Fieber deliriert«, sagte die Frau.

Sie war dabei, Ordnung im Zimmer zu schaffen, nachdem sie sich von ihrer einwöchigen Krise

erholt hatte. Der Oberst versuchte sich zu erinnern.
»Es war kein Fieber«, log er. »Es war wieder der Traum mit den Spinnweben.«
Wie immer nach einer Krise war die Frau erregt. Im Lauf des Vormittags stellte sie das ganze Haus auf den Kopf. Verrückte jeden Gegenstand bis auf die Uhr und das Bild mit der Nymphe. Sie war so zierlich und geschmeidig, daß wenn sie in ihren Plüschpantoffeln und ihrem hochgeschlossenen schwarzen Kleid umherhuschte, sie imstande schien, durch die Wände zu schlüpfen. Aber noch vor zwölf hatte sie ihre Dichte, ihr menschliches Gewicht wiedergewonnen. Im Bett war sie ein Vakuum. Nun, wie sie sich zwischen den Farn- und Begonientöpfen bewegte, schien ihre Gegenwart das Haus zu sprengen.
»Wäre Agustíns Jahr um, würde ich singen«, sagte sie, während sie in dem Topf rührte, in dem all das kleingeschnittene Eßbare schmorte, was die Tropenerde hervorbringt.
»Wenn du Lust zum Singen hast, singe«, sagte der Oberst. »Es ist gut für die Galle.«
Nach dem Mittagessen kam der Arzt. Der Oberst und seine Frau tranken gerade Kaffee in

der Küche, als er die Haustür aufstieß und rief:
»Die Kranken sind gestorben.«
Der Oberst stand auf, um ihn zu empfangen.
»So ist es, Doktor«, sagte er und wandte sich zum Wohnzimmer. »Ich habe immer gesagt, daß Ihre Uhr nach der der Geier geht.«
Die Frau ging ins Schlafzimmer, um sich auf die Untersuchung vorzubereiten. Der Arzt blieb im Wohnzimmer mit dem Oberst. Trotz der Hitze verströmte sein makelloser Leinenanzug einen Hauch von Frische. Als die Frau verkündete, sie sei bereit, überreichte der Arzt dem Oberst einen Umschlag mit drei Faltblättern. Betrat das Schlafzimmer und sagte: »Es ist das, was die gestrigen Zeitungen unterschlagen haben.«
Der Oberst hatte es vermutet. Es war eine zur heimlichen Verbreitung vervielfältigte Zusammenfassung der neuesten Landesnachrichten. Enthüllungen über die Lage des bewaffneten Widerstands im Landesinnern. Er fühlte sich niedergeschlagen. Zehn Jahre heimlicher Nachrichten hatten ihn noch nicht gelehrt, daß keine Nachricht überraschender war als die des nächsten Monats. Er hatte zuende gelesen, als der Arzt ins Wohnzimmer zurückkehrte.

»Der Patientin geht es besser als mir«, sagte er. »Mit diesem Asthma wäre ich gerüstet, hundert Jahre alt zu werden.«

Der Oberst blickte ihn finster an. Wortlos gab er ihm den Umschlag, aber der Arzt wies ihn zurück.

»Bringen Sie ihn in Umlauf«, sagte er leise.

Der Oberst steckte den Umschlag in die Hosentasche. Die Frau kam aus der Schlafkammer und sagte: »Eines schönen Tages sterbe ich und nehme Sie mit in die Hölle, Doktor.« Der Arzt antwortete schweigsam mit dem obligaten Schmelz seiner Zähne. Drehte einen Stuhl zum Tischchen und holte aus seinem Köfferchen mehrere kostenlose Arzneimusterfläschchen. Die Frau ging an ihm vorbei zur Küche.

»Warten Sie, ich mache Ihnen den Kaffee heiß.«

»Nein, vielen Dank«, sagte der Arzt. Er schrieb die Dosierung auf ein Rezeptformular. »Ich lehne es ab, mich von Ihnen vergiften zu lassen.«

Sie lachte in der Küche. Als der Arzt zuende geschrieben hatte, las er die Verordnung laut vor, denn es war ihm klar, daß niemand seine Schrift lesen könne. Der Oberst versuchte aufmerksam zuzuhören. Von der Küche zurück, entdeckte die Frau in seinem Gesicht die Spuren der vergangenen Nacht.

»Heute früh hat er Fieber gehabt«, sagte sie und meinte ihren Mann. »Etwa zwei Stunden hat er Unsinn vom Bürgerkrieg geredet.«

Der Oberst zuckte zusammen.

»Es war kein Fieber«, beharrte er und faßte sich wieder. »Außerdem lasse ich an dem Tag, wo es mir wirklich schlecht geht, niemanden an mich heran. Ich werfe mich selber in die Mülltonne.«

Er ging ins Schlafzimmer und holte die Zeitungen.

»Schönen Dank für die Blumen«, sagte der Arzt.

Sie gingen zusammen bis zum Platz. Die Luft war trocken. Der Teerbelag der Straßen begann in der Hitze zu schmelzen. Als der Arzt sich verabschiedete, fragte der Oberst leise, mit zusammengebissenen Zähnen:

»Was schulden wir Ihnen, Doktor?«

»Vorläufig nichts«, sagte der Arzt und klopfte ihm leicht auf den Rücken. »Wenn Ihr Hahn gewinnt, schicke ich Ihnen eine fette Rechnung.«

Der Oberst machte sich zur Schneiderei auf den Weg, um den Geheimbrief Agustíns Kameraden zu bringen. Das war seine einzige Zuflucht, seit seine Parteigenossen tot oder aus dem Dorf verbannt waren und er ein einsamer Mann geworden war, der keine andere Beschäftigung mehr hatte, als jeden Freitag auf die Post zu warten.

Die Nachmittagshitze verlieh der Frau neuen Arbeitseifer. Zwischen den Begonien des Gangs vor einer Truhe voll unbrauchbarer Kleider sitzend, vollbrachte sie wieder einmal das ewige Wunder, neue Kleidungsstücke aus dem Nichts zu zaubern. Sie schneiderte Kragen aus Ärmeln und Manschetten aus dem Stoff des Rückens und viereckige tadellose Flicken, selbst aus Resten in verschiedenen Farben. Im Innenhof begann eine Grille zu zirpen. Die Sonne neigte sich. Aber sie sah sie nicht hinter den Begonien untergehen. Erst bei Einbruch der Nacht, als der Oberst nach Hause kam, hob sie den Kopf. Dann preßte sie ihren Hals mit beiden Händen, streckte die Glieder und sagte: »Mein Gehirn ist steif wie ein Stock.«

»So ist es doch immer gewesen«, sagte der Oberst, aber dann sah er den völlig mit bunten Flicken besäten Körper seiner Frau. »Du siehst aus wie ein Weberspecht.«

»Man muß ein halber Weber sein, um dich anzuziehen«, sagte sie. Sie entfaltete ein Hemd, das aus drei verschiedenen Farben bestand, bis auf Kragen und Manschetten in derselben Farbe. »Beim Karneval brauchst du nur die Jacke auszuziehen.«

Sie wurde vom Sechsuhrläuten unterbrochen. »Der Engel des Herrn hat Maria verkündet«, betete sie laut und wandte sich mit der Wäsche zum Schlafzimmer. Der Oberst unterhielt sich mit den Jungen, die nach Schulschluß vorbeigekommen waren, um den Hahn anzusehen. Dann fiel ihm ein, daß kein Mais für den nächsten Tag mehr da war, und er ging ins Schlafzimmer, um seine Frau um Geld zu bitten.

»Ich glaube, es sind nur noch fünfzig Centavos da«, sagte sie.

Sie verwahrte das Geld in einen Taschentuchzipfel geknotet unter der Bettvorlage. Es war der Rest aus dem Erlös von Agustíns Nähmaschine. Neun Monate hindurch hatten sie dieses Geld

Centavo für Centavo ausgegeben, es zwischen ihren eigenen Bedürfnissen und denen des Hahns aufgeteilt. Nun waren nur noch zwei Münzen zu zwanzig und eine zu zehn Centavos übrig.

»Kauf ein Pfund Mais«, sagte die Frau. »Vom Rest kaufst du Kaffee für morgen und vier Unzen Käse.«

»Und einen vergoldeten Elefanten, den wir an die Tür hängen«, fuhr der Oberst fort. »Allein der Mais kostet zweiundvierzig.«

Sie überlegten einen Augenblick. »Der Hahn ist ein Tier und kann daher warten«, sagte die Frau zunächst. Doch der Gesichtsausdruck ihres Mannes zwang sie zum Nachdenken. Der Oberst setzte sich aufs Bett, die Ellbogen auf die Knie gestützt und klimperte mit den Münzen. »Es ist nicht meinetwegen«, sagte er nach einem Augenblick. »Ginge es nach mir, ich würde gleich heute abend einen Hahneneintopf machen. Ein verdorbener Magen für fünfzig Pesos muß sehr angenehm sein.« Er hielt inne, um am Hals einen Moskito zu zerdrücken. Dann folgte er seiner Frau mit dem Blick durchs Zimmer.

»Was mir nur Sorgen macht, ist, daß die armen Jungen bereits sparen.«

Nun wurde sie nachdenklich. Und schon machte sie mit dem Insektenzerstäuber eine Runde durchs Haus. Das kam dem Oberst so unwirklich vor, als beriefe sie die Hausgeister zu einer Konferenz. Schließlich stellte sie die Sprühdose auf den kleinen Hausaltar mit seinen Lithographien und heftete ihre sirupfarbenen Augen auf die sirupfarbenen Augen des Obersten.

»Kauf den Mais«, sagte sie. »Gott wird schon wissen, wie wir durchkommen.«

»Das ist das Wunder von der Speisung der Fünftausend«, wiederholte der Oberst jedesmal, wenn sie sich im Lauf der darauffolgenden Woche zu Tisch setzten. Mit ihrer erstaunlichen Geschicklichkeit im Ausbessern, Stopfen und Flikken schien sie den Schlüssel entdeckt zu haben, mit dessen Hilfe sie den Haushalt über Wasser hielt. Der Oktober zog die Erholungspause in die Länge. Einschläfernde Hitze löste die Feuchtigkeit ab. Von der kupferfarbenen Sonne gestärkt, widmete die Frau drei mühsame Nachmittage ihrer Frisur. »Jetzt fängt die Singmesse an«, sagte der Oberst an dem Nachmittag, als sie ihre langen blauschwarzen Strähnen mit einem weitzinkigen Kamm entwirrte. Am zweiten Nachmittag saß sie im Innenhof mit einem weißen Laken auf dem Schoß und kämmte mit einem feineren Kamm die Läuse aus, die sich während ihrer Krankheit vermehrt hatten. Zuletzt wusch sie sich den Kopf mit Lawendelwasser, ließ das Haar trocknen und steckte es, zweimal im Nacken geschlungen, mit einem Kamm fest.

Der Oberst wartete. Nachts lag er in seiner Hängematte wach und bangte stundenlang um das Schicksal seines Hahns. Aber am Mittwoch wogen sie ihn, und er war in Form.
Am gleichen Nachmittag, als Agustíns Kameraden das Haus verließen und fröhlich die Siegeschancen des Hahns berechneten, fühlte auch der Oberst sich in Form. Die Frau schnitt ihm das Haar. »Du hast mir zwanzig Jahre heruntergesäbelt«, sagte er und prüfte seinen Kopf mit den Händen. Die Frau dachte, ihr Mann habe recht.
»Wenn es mir gut geht, bin ich imstande und erwecke einen Toten«, sagte sie.
Aber ihre Überzeugung hielt nur wenige Stunden an. Schon war im Hause nichts zum Verkaufen übrig, ausgenommen die Uhr und das Bild. Am Donnerstagabend, am Ende ihrer Weisheit, äußerte die Frau ihre Bedenken über die Lage.
»Mach dir keine Sorgen«, tröstete sie der Oberst. »Morgen kommt die Post.«
Am nächsten Tag wartete er vor der Arztpraxis auf die Barkassen.
»Das Flugzeug ist etwas Wunderbares«, sagte der Oberst, die Augen auf den Postsack geheftet.

»Es heißt, es fliegt in einer Nacht nach Europa.«

»So ist es«, sagte der Arzt und fächelte sich mit einer Illustrierten. Der Oberst entdeckte den Postbeamten in einer Gruppe, die auf die Beendigung des Anlegemanövers wartete, um an Bord zu springen. Er sprang zuerst. Empfing vom Kapitän einen versiegelten Umschlag. Dann ging er an Deck. Der Postsack war zwischen zwei Ölfässern festgebunden.

»Aber nicht ungefährlich«, sagte der Oberst. Er verlor den Postbeamten aus den Augen, fand ihn aber zwischen den bunten Flaschen des Erfrischungskarrens wieder. »Die Menschheit kriegt den Fortschritt nicht geschenkt.«

»Heutzutage ist es sicherer als eine Barkasse«, sagte der Arzt. »In zwanzigtausend Fuß Höhe fliegt man über den Gewittern.«

»Zwanzigtausend Fuß«, wiederholte der Oberst verblüfft, ohne sich die Größe der Zahl vorstellen zu können.

Den Arzt interessierte dies. Mit zwei Händen zog er die Illustrierte bis zur vollkommenen Unbeweglichkeit straff.

»Es hält perfekt das Gleichgewicht«, sagte er.

Aber die Augen des Obersten hingen an dem Postbeamten. Er sah ihn einen Saft mit rosafarbenem Schaum trinken und das Glas mit der linken Hand halten. Mit der rechten hielt er den Postsack.

»Im übrigen liegen auf dem Meer Schiffe vor Anker, die in beständiger Verbindung mit den Nachtflugzeugen stehen«, fuhr der Arzt fort. »Bei so vielen Vorsichtsmaßnahmen ist es sicherer als eine Barkasse.«

Der Oberst blickte ihn an.

»Vermutlich«, sagte er. »Wie auf den Teppichen.«

Der Beamte trat unmittelbar auf sie zu. Von unwiderstehlicher Angst getrieben, wich der Oberst zurück und suchte den auf dem versiegelten Umschlag stehenden Namen zu entziffern. Der Beamte öffnete den Sack. Händigte dem Arzt das Paket Zeitungen aus. Dann erbrach er den Umschlag mit den Privatbriefen, prüfte die Richtigkeit der Sendung und las auf den Briefen die Namen der Empfänger. Der Arzt entfaltete die Zeitungen.

»Noch immer die Suezfrage«, sagte er, die Schlagzeilen überfliegend. »Der Westen verliert an Boden.«

Der Oberst las nicht die Schlagzeilen. Er machte eine Anstrengung, um gegen seinen Magen anzukämpfen. »Seit es eine Zensur gibt, sprechen die Zeitungen nur noch von Europa«, sagte er. »Das beste wäre, die Europäer kämen hierher, und wir gingen nach Europa. So wüßte jeder, was in seinem Land vorgeht.«
»Für die Europäer ist Südamerika ein Mann mit Schnauzbart, Gitarre und Revolver«, sagte der Arzt, über seiner Zeitung lachend. »Sie verstehen uns nicht.«
Der Postbeamte übergab ihm die Post. Steckte den Rest in den Sack und verschloß ihn wieder. Der Arzt schickte sich an, zwei Privatbriefe zu lesen. Doch bevor er die Umschläge erbrach, blickte er den Oberst an. Dann blickte er den Beamten an.
»Nichts für den Oberst?«
Der Oberst erschrak. Der Beamte lud sich den Sack auf die Schulter, ging den Gehsteig entlang und antwortete, ohne den Kopf zu wenden:
»Der Oberst hat niemand, der ihm schreibt.«
Entgegen seiner Gewohnheit ging der Oberst nicht direkt nach Hause. Er trank in der Schneiderei Kaffee, während Agustíns Kameraden die

Zeitungen durchblätterten. Er fühlte sich betrogen. Er wäre am liebsten bis zum nächsten Freitag dort geblieben, um seiner Frau an jenem Abend nicht mit leeren Händen entgegentreten zu müssen. Doch als die Schneiderwerkstatt geschlossen wurde, mußte er sich der Wirklichkeit stellen. Die Frau erwartete ihn.

»Nichts?« fragte sie.

»Nichts«, erwiderte der Oberst.

Am darauffolgenden Freitag ging er wieder zu den Barkassen. Und wie alle Freitage kehrte er ohne den erwarteten Brief nach Hause zurück.

»Wir haben genug gewartet«, sagte an jenem Abend seine Frau zu ihm. »Man muß deine Viechsgeduld haben, um fünfzehn Jahre lang auf einen Brief zu warten.« Der Oberst legte sich zum Lesen der Zeitungen in die Hängematte.

»Wir müssen warten, bis wir an der Reihe sind«, sagte er. »Wir haben die Nummer Eintausendachthundertunddreiundzwanzig.«

»Seit wir warten, ist diese Nummer zweimal in der Lotterie herausgekommen«, erwiderte die Frau.

Der Oberst las wie immer von der ersten bis zur letzten Seite einschließlich der Anzeigen. Doch diesmal konnte er sich nicht konzentrieren. Während der Lektüre dachte er an seine Veteranenpension. Vor neunzehn Jahren, als der Kongreß das Gesetz erlassen hatte, begann ein Rechtmäßigkeitsverfahren, welches acht Jahre dauerte. Anschließend brauchte es sechs Jahre, bis er in die Liste eingetragen wurde. Das war der letzte Brief, den der Oberst erhalten hatte.

Er beendete seine Lektüre erst nach der Sperrstunde. Als er die Lampe löschen wollte, wurde ihm bewußt, daß seine Frau wach war.

»Hast du noch den Zeitungsausschnitt?«

Die Frau dachte nach.

»Ja. Er muß bei den anderen Papieren sein.«

Sie kroch unter dem Moskitonetz hervor und holte aus dem Schrank einen Holzkasten, in dem, mit einem Gummiband zusammengehalten, dem Datum nach geordnet, ein Stapel Briefe lag. Sie fand die Anzeige eines Anwaltbüros, das sich erbot, überfällige Kriegspensionen einzutreiben.

»Seit ich dir predige, den Anwalt zu wechseln, hätten wir sogar Zeit gehabt, das Geld auszugeben«, sagte die Frau und reichte ihrem Mann den Zeitungsausschnitt. »Wir haben nichts davon,

daß sie es für uns wie für die Indios auf die hohe Kante legen.«
Der Oberst las den zwei Jahre zuvor datierten Ausschnitt. Er steckte ihn in die Tasche des hinter der Tür hängenden Hemdes.
»Dumm ist nur, daß man zum Wechseln eines Anwalts Geld braucht.«
»Nichts dergleichen«, entschied die Frau. »Man schreibt ihnen, sie sollen ihre Kommission abziehen, sobald sie die Pension kassieren. Das ist die einzige Art, sie für die Angelegenheit zu interessieren.«
So suchte der Oberst am Samstagnachmittag seinen Anwalt auf. Er lag faul in seiner Hängematte. Er war ein riesenhafter Neger mit nichts als zwei Eckzähnen im Oberkiefer. Fuhr mit den Füßen in Holzpantinen und öffnete das Kanzleifenster über einem verstaubten Pianola, dessen für Musikwalzen vorgesehene Fächer mit Papieren vollgestopft waren, alte Rechnungsbücher, in die Ausschnitte aus dem »Staatsanzeiger« geklebt waren, und eine lückenhafte Sammlung von Bekanntmachungen des Rechnungshofs. Das tastenlose Pianola diente gleichzeitig als Schreibtisch. Der Oberst schilderte seine Beun-

ruhigung, ehe er den Zweck seines Besuchs offenbarte.
»Ich habe Sie doch gewarnt, daß die Sache nicht von einem Tag auf den anderen geht«, sagte der Anwalt in einer Redepause des Oberst. Er stöhnte unter der Hitze. Er drückte die Sprungfedern des Sessels nach hinten und fächelte sich mit einem Werbeblatt.
»Meine Agenten schreiben mir immer wieder, man brauche nicht zu verzweifeln.«
»Das hören wir seit fünfzehn Jahren«, erwiderte der Oberst. »Das erinnert allmählich an die Geschichte vom Kapaun.«
Der Anwalt schilderte anschaulich das Labyrinth der Bürokratie. Der Sessel war zu schmal für sein Altmännergesäß. »Vor fünfzehn Jahren war das leichter«, sagte er. »Damals gab es noch den städtischen Veteranenverband, der aus Mitgliedern der beiden Parteien zusammengesetzt war.« Er füllte seine Lungen mit sengender Luft und verkündete den Denkspruch, als habe er ihn gerade erfunden:
»Einigkeit macht stark.«
»In diesem Fall hat sie es nicht getan«, sagte der Oberst und wurde sich zum ersten Mal seiner

Einsamkeit bewußt. »Alle meine Kameraden sind über dem Warten auf die Post gestorben.«

Der Anwalt verlor nicht die Fassung.

»Das Gesetz wurde zu spät erlassen«, sagte er. »Nicht alle hatten das Glück wie Sie, mit zwanzig Jahren Oberst zu werden. Außerdem waren keine Sondermittel vorgesehen, so daß die Regierung einen Nachtraghaushalt bewilligen mußte.«

Immer die gleiche Geschichte. Jedesmal, wenn der Oberst sie hörte, packte ihn dumpfer Groll. »Das ist kein Almosen«, sagte er. »Es handelt sich hier nicht darum, uns einen Gefallen zu tun. Wir haben unsere Haut zu Markte getragen, um die Republik zu retten.« Der Anwalt breitete die Arme aus.

»So ist es, Oberst«, sagte er. »Der menschliche Undank kennt keine Grenzen.«

Auch diese Geschichte kannte der Oberst. Er hatte sie zuerst am Tage nach dem Abkommen von Neerlandia gehört, als die Regierung zweihundert Offizieren der Revolution Reisekostenzuschüsse und Entschädigungen versprach. Rund um den riesigen Baumwollbaum von

Neerlandia kampierend, wartete ein großenteils aus Schulschwänzern bestehendes Revolutionsbataillon drei Monate lang. Dann kehrten sie auf eigene Kosten nach Hause zurück und warteten weiter. Fast sechzig Jahre danach wartete der Oberst noch immer. Aufgeregt durch die Erinnerungen, setzte er eine bedeutungsvolle Miene auf. Er stützte die Rechte – bloße mit Nervenfasern aneinandergenähte Knochen – auf den Schenkelknochen und murmelte:
»Ich habe jedenfalls einen Entschluß gefaßt.«
Der Anwalt sah ihn gespannt an.
»Und das wäre?«
»Den Anwalt zu wechseln.«
Eine Ente mit einem Schwarm gelber Entchen kam in die Kanzlei gewatschelt. Der Anwalt richtete sich auf, um sie zu verscheuchen. »Wie Sie meinen, Oberst«, sagte er, die Tiere verjagend. »Ganz wie Sie meinen. Wenn ich Wunder vollbringen könnte, hauste ich nicht in diesem Stall.« Er setzte ein Holzgatter in die Innenhoftür und kehrte zu seinem Stuhl zurück.
»Mein Sohn hat sein ganzes Leben gearbeitet«, sagte der Oberst. »Mein Haus ist belastet. Das Pensionsgesetz ist für die Anwälte eine Lebensrente geworden.«

»Für mich nicht«, warf der Anwalt ein. »Die Bearbeitung hat alles bis zum letzten Centavo aufgefressen.«

Den Oberst quälte der Gedanke, ungerecht gewesen zu sein.

»Genau das wollte ich sagen«, verbesserte er sich. Mit dem Hemdärmel trocknete er sich die Stirn. »Bei dieser Hitze rosten einem die Schrauben im Kopf.«

Einen Augenblick darauf stellte der Anwalt seine Kanzlei bei der Suche nach der Vollmacht auf den Kopf. Die Sonne rückte bis in die Mitte des aus ungehobelten Brettern gezimmerten kahlen Raums. Nach vergeblichem Suchen ging er keuchend auf alle Viere und förderte eine Papierrolle unter dem Pianola zutage.

»Hier ist sie.«

Er übergab dem Oberst ein Blatt gestempeltes Papier. »Ich muß meinen Agenten schreiben, daß sie die Kopien ungültig machen«, schloß er.

Der Oberst schüttelte den Staub von dem Blatt und steckte es in die Hemdtasche.

»Zerreißen Sie es doch«, sagte der Anwalt.

»Nein«, entgegnete der Oberst. »Zwanzig Jahre Erinnerungen hängen daran.« Er wartete, daß der Anwalt weiter suche. Aber er tat es nicht. Er ging zur Hängematte und wischte sich den Schweiß ab. Von dort aus blickte er den Oberst durch die flimmernde Luft an.

»Ich brauche auch die Dokumente«, sagte der Oberst.

»Welche?«

»Den Rechtmäßigkeitsnachweis.«

Der Anwalt breitete die Arme aus.

»Das ist leider unmöglich, Oberst.«

Der Oberst wurde unruhig. Als Schatzmeister der Revolution im Bezirk Macondo hatte er mit der in zwei Truhen auf einem Maultier verladenen Bürgerkriegskasse einen anstrengenden sechstägigen Marsch unternommen. Das halbverhungerte Maultier hinter sich herziehend, war er eine halbe Stunde vor Unterzeichnung des Friedensvertrags im Lager von Neerlandia angelangt. Der Oberst Aureliano Buendía, Generalintendant der Revolutionsstreitkräfte an der Atlantikküste, hatte den Empfang der Kasse bestätigt und die beiden Truhen in das Übergabeinventar aufgenommen.

»Es sind Dokumente von unschätzbarem Wert«, sagte der Oberst. »Darunter befindet sich eine handschriftliche Empfangsbestätigung des Obersten Aureliano Buendía.«

»Einverstanden«, sagte der Anwalt. »Aber diese Dokumente sind durch tausend und abertausende von Händen in tausenden und abertausenden von Kanzleiräumen gegangen, bis sie in wer weiß welcher Abteilung des Kriegsministeriums gelandet sind.«

»Dokumente dieser Art können von keinem Beamten übersehen werden«, sagte der Oberst.

»Aber in den letzten fünfzehn Jahren haben die Beamten mehrmals gewechselt«, erläuterte der Anwalt. »Bedenken Sie, daß wir sieben Präsidenten gehabt haben und daß jeder Präsident zumindest zehnmal sein Kabinett gewechselt und daß jeder Minister zumindest hundertmal seine Beamten gewechselt hat.«

»Aber keiner hat doch die Dokumente mit nach Hause genommen«, sagte der Oberst. »Jeder neue Beamte wird sie an ihrem Platz vorgefunden haben.«

Der Anwalt geriet aus der Fassung.

»Überdies, wenn diese Papiere jetzt das Ministerium verlassen, müssen sie den ganzen Instanzengang von neuem durchlaufen.«

»Macht nichts«, sagte der Oberst.
»Es wird Jahrhunderte dauern.«
»Macht nichts. Wer lange wartet, wartet auch kurz.«

Er legte einen linierten Schreibblock, Feder, Tintenfaß und ein Löschblatt auf das Tischchen des Wohnzimmers und ließ die Tür zum Schlafzimmer offen, um notfalls seine Frau etwas fragen zu können. Sie betete den Rosenkranz.
»Den wievielten haben wir heute?«
»Den 27. Oktober.«
Er schrieb in vorschriftsmäßiger Haltung, die Federhand auf dem Löschblatt, das Rückgrat aufrecht, um das Atmen zu erleichtern, wie er es in der Schule gelernt hatte. Die Hitze in dem abgeschlossenen Raum wurde unerträglich. Ein Schweißtropfen fiel auf den Brief. Der Oberst tupfte ihn mit dem Löschblatt auf. Dann versuchte er die verwischten Wörter auszuradieren, aber das ergab eine verschmierte Stelle. Er verzweifelte nicht. Er schrieb ein Verweisungszeichen und vermerkte am Rand: »Erworbene Rechtsansprüche«. Dann las er den ganzen Absatz durch.
»An welchem Tag haben sie mich auf die Liste gesetzt?«

Die Frau unterbrach nicht ihr Gebet, um nachzudenken.

»Am 12. August 1949.«

Einen Augenblick später begann es zu regnen. Der Oberst füllte ein Blatt mit den großen, etwas kindlichen Krakelbuchstaben, die er in der Volksschule von Manaure gelernt hatte. Dann ein zweites Blatt bis zur Hälfte und unterschrieb.

Er las den Brief seiner Frau vor. Sie nickte zu jedem Satz. Als der Oberst das Vorlesen beendet hatte, verschloß er den Umschlag und löschte die Lampe.

»Du kannst doch jemand sagen, daß er ihn dir mit der Maschine abschreibt.«

»Nein«, antwortete der Oberst. »Ich bin es müde, immerfort um Gefälligkeiten zu bitten.«

Eine halbe Stunde lang hörte er den Regen auf das Palmdach prasseln. Das Dorf versank in der Sintflut. Nach dem Signal der Sperrstunde begann es irgendwo im Haus zu tropfen.

»Das hätte man längst tun müssen«, sagte die Frau. »Es ist immer besser, sich direkt auseinanderzusetzen.«

»Es ist nie zu spät«, sagte der Oberst, dem Tropfen lauschend. »Vielleicht ist dann alles entschieden, wenn die Hypothek auf das Haus abbezahlt ist.«

»Es fehlen noch zwei Jahre«, sagte die Frau. Sie zündete die Lampe an, um die Tropfstelle im Wohnzimmer zu finden. Sie stellte den Napf des Hahns darunter und kehrte ins Schlafzimmer zurück, verfolgt vom metallischen Tropfgeräusch des Wassers in dem leeren Blechnapf.

»Möglicherweise entscheiden sie die Sache noch vor Januar, um Geld zu verdienen«, sagte er und glaubte selber daran. »Dann ist Agustíns Trauerjahr um, und wir können wieder ins Kino.«

Sie lachte leise. »Ich weiß gar nicht mehr, wie so eine Flimmerkiste ist«, sagte sie. Der Oberst versuchte sie durchs Moskitonetz zu sehen.

»Wann bist du zum letztenmal im Kino gewesen?«

»1931«, sagte sie. »Man gab *Der Wille des Toten.*«

»Kam eine Schlägerei darin vor?«

»Das erfuhr man nicht. Der Wolkenbruch ging los, als das Gespenst dem Mädchen das Halsband abreißen wollte.«

Das Regengeräusch machte beide schläfrig. Der Oberst spürte ein leichtes Unbehagen in den Eingeweiden. Doch es beunruhigte ihn nicht. Er war dabei, einen neuen Oktober zu überleben. Er wickelte sich in eine Wolldecke und nahm einen Augenblick lang den röchelnden Atemzug seiner Frau wahr, die weit entfernt einen anderen Traum durchschiffte. Dann begann er bei hellem Bewußtsein zu reden.

Die Frau erwachte.

»Mit wem redest du?«

»Mit niemand«, sagte der Oberst. »Ich dachte daran, daß wir bei der Versammlung in Macondo recht hatten, als wir dem Oberst Aureliano Buendía sagten, er solle sich nicht ergeben. Daß er das tat, hat die Welt zugrunde gerichtet.«

Es regnete die ganze Woche. Am zweiten November trug die Frau gegen den Willen des Oberst Blumen auf Agustíns Grab. Sie kehrte mit einem neuen Anfall vom Friedhof zurück. Es war eine harte Woche. Härter als die vier Oktoberwochen, die der Oberst nicht zu überleben geglaubt hatte. Der Arzt besuchte die Kranke und rief beim Verlassen des Zimmers: »Mit einem solchen Asthma wäre ich bereit, das ganze Dorf zu begraben.« Doch dann sprach er mit dem Oberst allein und verordnete eine besondere Diät.

Auch der Oberst erlitt einen Rückfall. Stundenlang quälte er sich auf dem Abort, er schwitzte Eis, und es kam ihm vor, als verfaule er, als löse sich seine Darmflora auf. »Das ist der Winter«, wiederholte er sich, ohne zu verzweifeln. »Alles wird anders, wenn es aufhört zu regnen.« Und er glaubte es wirklich, überzeugt, am Leben zu sein, wenn der Brief ankam.

Diesmal war es seine Aufgabe, die Haushaltslage zu verbessern. Er mußte immer wieder die Zähne aufeinander beißen, wenn er in den Läden der Nachbarschaft um Kredit bat. »Nur bis nächste Woche«, sagte er, ohne selbst sicher zu sein, daß es so war. »Mir fehlt ein kleiner Betrag, der schon letzten Freitag hätte eingehen müssen.« Als die Frau sich von ihrem Anfall erholt hatte, kannte sie ihn kaum wieder.

»Du bist ja nur noch Haut und Knochen«, sagte sie.

»Ich pflege mich, damit ich mich verkaufen kann«, sagte der Oberst. »Ich bin bereits von einer Klarinettenfabrik bestellt.«

In Wirklichkeit erhielt ihn nur die Hoffnung auf den Brief. Erschöpft, die Knochen vom Wachen gerädert, konnte er nicht gleichzeitig für sich und den Hahn sorgen. In der zweiten Novemberhälfte glaubte er, das Tier werde nach zwei Tagen ohne Mais sterben. Er erinnerte sich einer Handvoll weißer Bohnen, die er im Juli über dem Herd aufgehängt hatte. Er entschotete sie und stellte dem Hahn einen Napf voll trockener Kerne hin.

»Komm her«, sagte sie.

»Einen Augenblick«, erwiderte der Oberst, die Reaktion des Hahns beobachtend. »Großer Hunger kennt kein schlechtes Brot.«

Er sah seine Frau, wie sie sich im Bett aufzurichten suchte. Ihr abgezehrter Körper verströmte einen Dunst von Heilkräutern. Mit berechnetem Nachdruck sagte sie Wort für Wort:

»Du schaffst mir sofort den Hahn aus dem Haus.«

Der Oberst hatte den Augenblick kommen sehen. Er erwartete ihn seit dem Nachmittag, an dem sein Sohn von Kugeln durchbohrt worden war und er beschlossen hatte, den Hahn zu behalten. Er hatte Zeit gehabt, darüber nachzudenken.

»Es lohnt sich mehr«, sagte er. »In drei Monaten findet der Hahnenkampf statt, und dann können wir ihn günstiger verkaufen.«

»Es geht nicht ums Geld«, sagte die Frau. »Wenn die Jungen kommen, sagst du ihnen, sie sollen ihn mitnehmen und mit ihm tun, was sie wollen.«

»Es ist wegen Agustín«, lautete des Obersten promptes Argument. »Stell dir sein Gesicht vor, mit dem er uns den Sieg des Hahns verkündet hätte.«

Die Frau dachte sehr wohl an ihren Sohn.

»Die verdammten Hähne sind sein Verderben gewesen«, schrie sie. »Wäre er am 3. Januar zu Hause geblieben, hätte ihn die böse Stunde nicht ereilt.« Sie deutete mit ihrem dürren Zeigefinger auf die Tür und rief:

»Ich sehe ihn noch vor mir, wie er mit dem Hahn unter dem Arm fortging. Ich warnte ihn davor, auf dem Kampfplatz in eine böse Stunde hineinzulaufen, aber er zeigte mir bloß die Zähne und sagte: ›Sei still, heute nachmittag werden wir stinken vor Geld.‹«

Entkräftet sank sie zurück. Der Oberst bettete sie sanft auf ihr Kissen. Seine Augen begegneten anderen Augen, die den seinen vollkommen ähnelten. »Sieh zu, daß du dich nicht bewegst«, sagte er und hörte das Pfeifen in seinen eigenen Lungenflügeln. Die Frau verfiel einer augenblicklichen Benommenheit. Sie schloß die Augen. Als sie sie wieder aufschlug, schien ihr Atem ruhiger zu gehen.

»Es ist wegen unserer jetzigen Lage«, sagte sie. »Es ist eine Sünde, uns das Brot vom Mund abzusparen, um es einem Hahn hinzuwerfen.«

Der Oberst trocknete sich mit dem Laken die Stirn.

»Niemand stirbt in drei Monaten.«

»Und was essen wir inzwischen?« fragte die Frau.

»Ich weiß nicht«, sagte der Oberst. »Aber wenn wir Hungers sterben sollen, wären wir schon tot.«

Der Hahn stand voller Leben vor seinem leeren Napf. Als er den Oberst sah, stieß er einen kehligen, fast menschlichen Monolog aus und warf den Kopf zurück. Der Oberst lächelte ihm verschwörerisch zu.

»Das Leben ist hart, Genosse.«

Er trat auf die Straße. Schlenderte durchs mittäglich schlummernde Dorf, ohne an etwas zu denken, ja ohne sich klar machen zu wollen, daß es für sein Problem keine Lösung gab. Er ging durch vergessene Gassen, bis er erschöpft war. Dann kehrte er nach Hause zurück. Die Frau hörte ihn eintreten und rief ihn ins Schlafzimmer.

»Was ist?«

Sie antwortete, ohne ihn anzublicken.

»Wir können die Uhr verkaufen.«

Der Oberst hatte das bereits erwogen. »Ich bin sicher, daß Álvaro dir vierzig Pesos dafür gibt«, sagte die Frau. »Denk daran, wie schnell er die Nähmaschine gekauft hat.«

Sie sprach von dem Schneider, bei dem Agustín gearbeitet hatte.

»Man kann morgen früh mit ihm reden«, räumte der Oberst ein.

»Was heißt morgen mit ihm reden«, widersprach sie. »Jetzt gleich trägst du sie hin, stellst sie auf den Tisch und sagst: Álvaro, hier bringe ich Ihnen die Uhr, kaufen Sie sie mir ab. Er versteht sofort.«

Der Oberst fühlte sich elend.

»Da kann ich genau so gut das Heilige Grab

schleppen«, warf er ein. »Wenn die mich mit so einem Glaskasten auf der Straße sehen, komme ich gleich in ein Lied von Rafael Escalona.«
Aber auch diesmal überredete ihn die Frau. Sie hängte selbst die Uhr von der Wand ab, wickelte sie in Zeitungspapier und legte sie ihm in die Hände. »Hier, und komm mir nicht ohne die vierzig Pesos nach Hause«, sagte sie.
Der Oberst ging mit dem Paket unter dem Arm in die Schneiderwerkstatt. Er fand Agustíns Kameraden vor der Tür sitzend.
Einer von ihnen bot ihm einen Stuhl an. Der Oberst wurde unsicher.
»Danke«, sagte er. »Ich komme nur gerade vorbei.« Álvaro trat aus der Schneiderei. Er hängte ein Stück feuchten Drillich auf einen zwischen zwei Stützbalken des Gangs gespannten Draht. Er war ein vierschrötiger, kantiger junger Mann mit fanatischen Augen. Auch er lud ihn zum Sitzen ein. Der Oberst fühlte sich gestärkt. Er rückte den Hocker an den Türrahmen und setzte sich, darauf wartend, bis Álvaro allein war, um ihm das Geschäft vorzuschlagen. Plötzlich wurde ihm bewußt, daß er von abweisenden Gesichtern umgeben war.

»Ich möchte nicht unterbrechen«, sagte er.
Sie widersprachen. Einer beugte sich zu ihm herunter. Sagte mit kaum vernehmbarer Stimme:
»Agustín hat geschrieben.«
Der Oberst blickte auf die ausgestorbene Straße.
»Was sagt er?«
»Das gleiche wie immer.«
Sie gaben ihm das Flugblatt. Der Oberst steckte es in die Hosentasche. Dann trommelte er eine Weile stumm auf sein Paket, bis er merkte, daß jemand aufmerksam wurde. Er hörte auf.
»Was haben Sie denn da, Oberst?«
Der Oberst wich Germáns durchdringenden grünen Augen aus.
»Nichts«, log er. »Ich bring nur die Uhr zu dem Deutschen, damit er sie mir repariert.«
»Stellen Sie sich nicht dumm, Oberst«, sagte Germán und versuchte ihm das Paket wegzunehmen. »Warten Sie, ich sehe sie mir an.«
Der Oberst sträubte sich. Er sagte nichts, doch seine Lider verfärbten sich dunkelrot. Die anderen ließen nicht locker.
»Lassen Sie ihn machen, Oberst. Er versteht was von Mechanik.«

»Ich möchte ihn nicht belästigen.«

»Von Belästigen keine Rede«, bestritt Germán. Er nahm ihm die Uhr weg. »Der Deutsche knöpft Ihnen zehn Pesos ab und läßt alles, wie es ist.«

Er betrat mit der Uhr die Werkstatt. Álvaro nähte an der Maschine. Im Hintergrund, unter einer an einem Nagel hängenden Gitarre, nähte ein Mädchen Knöpfe an. Über der Gitarre hing ein Schild: »Politische Gespräche verboten.« Der Oberst fühlte, daß er überflüssig war. Er stellte die Füße auf die Querleiste des Hokkers.

»Scheiße, Oberst.«

Er zuckte zusammen. »Keine Kraftausdrücke«, sagte er.

Alfonso rückte sich die Brille auf der Nase zurecht, um die Stiefel des Oberst besser untersuchen zu können.

»Es ist wegen der Schuhe«, sagte er. »Sie weihen da ein Paar tolle Schuhe ein.«

»Das kann man auch ohne Kraftausdrücke sagen«, sagte der Oberst und zeigte die Sohlen seiner Lackstiefel. »Diese Ungeheuer sind vierzig Jahre alt und hören zum ersten Mal einen Kraftausdruck.«

»Schon behoben«, rief Germán von drinnen, zugleich mit dem Schlagen der Uhr. Im Nachbarhaus hämmerte eine Frau gegen die Trennwand und schrie:

»Laß die Gitarre in Frieden, Agustín ist noch kein Jahr tot.«

Er brach in Gelächter aus.

»Es ist eine Uhr.«

Germán kam mit dem Paket heraus.

»Es war nichts«, sagte er. »Wenn Sie wollen, begleite ich Sie nach Hause und hänge Sie Ihnen lotrecht auf.

Der Oberst lehnte das Angebot ab.

»Was schulde ich dir?«

»Keine Sorgen, Oberst«, antwortete Germán und nahm wieder seinen Platz in der Gruppe ein. »Im Januar zahlt's der Hahn.«

Jetzt fand der Oberst die gesuchte Gelegenheit.

»Ich mache dir einen Vorschlag«, sagte er.

»Welchen?«

»Ich schenke dir den Hahn.« Er musterte die Gesichter ringsum. »Ich schenke euch allen den Hahn.«

Germán blickte ihn verblüfft an.

»Ich bin schon zu alt dafür«, fuhr der Oberst fort. Er verlieh seiner Stimme überzeugende Strenge. »Es ist zuviel Verantwortung für mich. Seit Tagen hab ich den Eindruck, daß mir das Tier wegstirbt.«

»Keine Sorge, Oberst«, sagte Alfonso. »Die Sache ist die: der Hahn ist um diese Zeit in der Mauser. Er hat Fieber in den Federkielen.«

»Nächsten Monat ist er wieder obenauf«, bestätigte Germán.

»Jedenfalls will ich ihn nicht mehr«, sagte der Oberst.

Germán durchbohrte ihn mit seinen Pupillen.

»Sind Sie sich im klaren, Oberst«, beharrte er, »wie wichtig es ist, daß gerade Sie Agustíns Hahn auf den Kampfplatz bringen?«

Der Oberst dachte nach. »Ich bin mir im klaren«, sagte er. »Darum habe ich ihn bis jetzt behalten.« Er biß sich auf die Zähne und fühlte sich stark genug, fortzufahren. »Das Schlimme ist nur, daß noch drei Monate fehlen.«

Germán begriff sofort.

»Wenn's weiter nichts ist, hat es nichts auf sich«, sagte er.

Und machte seinen Vorschlag. Die anderen waren einverstanden. Als er am Abend mit dem Paket unter dem Arm nach Hause kam, war die Frau tief enttäuscht.

»Nichts?« fragte sie.

»Nichts«, antwortete der Oberst. »Aber das spielt jetzt keine Rolle mehr. Die Jungen füttern von jetzt ab den Hahn.«

»Warten Sie Gevatter, ich leihe Ihnen einen Schirm.«

Don Sabas öffnete einen eingebauten Büroschrank. Darin lag ein Sammelsurium von aufeinandergestapelten Reitstiefeln, Steigbügeln, Lederriemen und ein viereckiger Aluminiumkasten voller Sporen. Im oberen Teil hingen ein halbes Dutzend Regenschirme und ein Sonnenschirm für Damen. Der Oberst dachte an das Trümmerfeld nach einer Unwetterkatastrophe.

»Danke, Gevatter«, sagte er, die Ellbogen aufs Fensterbrett gestützt. »Ich warte lieber, bis es aufhört.« Don Sabas ließ den Wandschrank offen. Er setzte sich an den Schreibtisch in die Nähe des Ventilators. Dann holte er aus der Schublade eine in Watte gewickelte Spritze. Der Oberst betrachtete die bleigrauen Mandelbäume durch den Regen. Es war ein ausgestorbener Nachmittag.

»Der Regen ist von diesem Fenster aus anders«, sagte er. »Als regne es in einem anderen Dorf.«

»Regen ist überall Regen«, erwiderte Don Sabas. Er ließ die Spritze auf der Glasplatte des Schreibtischs aufkochen. »Das ist ein Scheißdorf.«

Der Oberst zuckte mit den Achseln. Trat in die Mitte des Büros: ein grüngekachelter Raum mit buntbespannten Polstermöbeln. Im Hintergrund, unordentlich gestapelt, Salzsäcke, Honigschläuche und Sättel. Don Sabas folgte ihm mit völlig leerem Blick.

»An Ihrer Stelle würde ich anders denken«, sagte der Oberst.

Er setzte sich mit übergeschlagenen Beinen hin, den Blick ruhig auf den über den Schreibtisch gebeugten Mann geheftet. Ein untersetzter, massiger Mann mit schwammigem Fleisch und Krötentrauer in den Augen.

»Lassen Sie sich vom Arzt untersuchen, Gevatter«, sagte Don Sabas. »Seit der Beerdigung sehen sie düster aus.«

Der Oberst hob den Kopf.

»Mir geht es blendend«, sagte er.

Don Sabas wartete, bis die Spritze kochte. »Wenn ich das von mir behaupten könnte«, klagte er. »Seien Sie froh, daß Sie einen kupfernen Steigbügel essen können.« Er betrachtete

seine behaarten, braungesprenkelten Handrükken. Er trug über dem Ehering einen Ring mit einem schwarzen Stein.
»So ist es«, gab der Oberst zu.
Don Sabas rief seine Frau durch die Verbindungstür zwischen seinem Büro und dem übrigen Haus. Dann begann er mit einer gequälten Erklärung über seine Diät. Er zog ein Fläschchen aus der Hemdtasche und legte eine bohnengroße weiße Tablette auf den Schreibtisch.
»Es ist ein Martyrium, das überallhin mitzuschleifen«, sagte er. »Als trüge man seinen Tod in der Westentasche.«
Der Oberst trat an den Schreibtisch. Er beäugte die Tablette in der flachen Hand, bis Don Sabas ihn aufforderte, sie zu probieren.
»Zum Süßen des Kaffees«, erklärte er. »Es ist Zucker, aber ohne Zucker.«
»Tatsächlich«, sagte der Oberst, den Speichel mit der traurigen Süße getränkt. »Es ist wie das Läuten, aber ohne Glocken.«
Don Sabas legte das Gesicht in die auf den Schreibtisch gestützten Hände, nachdem seine Frau ihm die Spritze verabreicht hatte. Der Oberst wußte nicht, was er mit sich anfangen

sollte. Die Frau schaltete den elektrischen Ventilator aus, stellte ihn auf den Tresor und ging zum Schrank.

»Der Regenschirm hat etwas mit dem Tod zu tun«, sagte sie.

Der Oberst schenkte ihr keine Beachtung. Er war um vier Uhr von zu Hause in der Absicht fortgegangen, auf die Post zu warten, doch der Regen hatte ihn gezwungen, sich in Don Sabas Büro unterzustellen. Es regnete noch, als die Barkassen pfiffen.

»Alle Welt sagt, der Tod sei eine Frau«, fuhr die Frau fort. Sie war füllig, größer als ihr Mann und hatte eine behaarte Warze auf der Oberlippe. Ihre Art zu sprechen erinnerte an das Summen des elektrischen Ventilators. »Ich glaube zwar nicht, daß es eine Frau ist«, sagte sie. Sie schloß den Schrank, drehte sich um und blickte fragend den Oberst an:

»Ich glaube, es ist ein Tier mit Hufen.«

»Möglich«, gab der Oberst zu. »Manchmal geschehen sonderbare Dinge.«

Er dachte an den Postbeamten, der jetzt in einem Wachstuchmantel auf die Barkasse sprang. Ein Monat war vergangen, seit er den Anwalt gewechselt hatte. Er wartete mit Recht auf eine Antwort. Don Sabas' Frau sprach noch immer vom Tod, bis sie den abwesenden Gesichtsausdruck des Oberst bemerkte.

»Gevatter«, sagte sie. »Haben Sie Sorgen?«

Der Oberst riß sich zusammen.

»So ist es, Gevatterin«, log er. »Ich denke, es ist schon fünf und der Hahn hat seine Spritze noch nicht gekriegt.«

Sie blickte verblüfft.

»Eine Spritze für einen Hahn, als wäre er ein menschliches Wesen«, rief sie. »Das ist Gotteslästerung.«

Don Sabas hielt es nicht mehr aus. Er hob das hochrote Gesicht.

»Halt eine Minute den Mund«, befahl er seiner Frau. Sie hob wirklich die Hände zum Mund. »Seit einer halben Stunde belästigst du meinen Gevatter mit deinem Blödsinn.«

»Ganz und gar nicht«, widersprach der Oberst.

Die Frau schlug die Tür hinter sich zu. Don Sabas trocknete sich den Hals mit einem lavendelgetränkten Taschentuch. Der Oberst trat ans Fenster. Es regnete erbarmungslos. Ein Huhn mit langen gelben Beinen überquerte den menschenleeren Platz.

»Stimmt es, daß Sie Ihrem Hahn Spritzen geben?«

»Es stimmt«, sagte der Oberst. »Nächste Woche beginnt das Training.«

»Das ist Wahnsinn«, sagte Don Sabas. »So was ist nichts für Sie.«

»Einverstanden«, sagte der Oberst. »Aber das ist kein Grund, ihm deswegen den Hals umzudrehen.«

»Das ist ein idiotischer Wahnsinn«, sagte Don Sabas und trat zum Fenster. Der Oberst hörte seinen Blasebalgatem. Die Augen des Gevatters erregten sein Mitleid.

»Folgen Sie meinem Rat, Gevatter«, sagte Don Sabas. »Verkaufen Sie den Hahn, ehe es zu spät ist.«

»Es ist nie zu spät für nichts«, sagte der Oberst.

»Seien Sie nicht unvernünftig«, beharrte Don Sabas. »Bei dem Geschäft schlagen Sie zwei Fliegen mit einer Klappe. Einerseits werden Sie die Last los und andrerseits stecken Sie neunhundert Pesos ein.«

»Neunhundert Pesos«, rief der Oberst aus.
»Neunhundert Pesos.«
Der Oberst versuchte sich die Summe vorzustellen.
»Glauben Sie, daß man dieses Heidengeld für den Hahn erzielt?«
»Ich glaube es nicht«, antwortete Don Sabas. »Ich weiß es.«
Es war die höchste Summe, die dem Oberst je durch den Kopf gegangen war, seit er die Revolutionskasse zurückerstattet hatte. Als er Don Sabas' Büro verließ, spürte er einen heftigen Krampf in den Eingeweiden, war sich aber bewußt, daß diesmal nicht das Wetter schuld war. Im Postamt wandte er sich unverzüglich an den Beamten:
»Ich erwarte einen Eilbrief«, sagte er. »Per Luftpost.«
Der Beamte suchte in den Fächern. Als er die Briefanschriften gelesen hatte, legte er sie in die entsprechenden Buchstabenfächer zurück, sagte aber nichts. Er warf dem Oberst einen bedeutsamen Blick zu und wischte dabei die Handflächen aneinander ab.
»Er hätte heute mit Sicherheit eintreffen müssen«, sagte der Oberst.

Der Beamte zog die Schultern hoch.
»Das einzige, was mit Sicherheit eintrifft, ist der Tod.«

Seine Frau empfing ihn mit einem Teller Maisbrei. Er aß schweigend und dachte zwischen jedem Bissen lange nach. Seine Frau, die ihm gegenüber saß, spürte, daß sich im Haus etwas geändert hatte.
»Was hast du?« fragte sie.
»Ich denke an den Beamten, von dem die Pension abhängt«, log der Oberst. »In fünfzig Jahren werden wir seelenruhig unter der Erde liegen, während dieser arme Mann jeden Freitag in Höllenqualen auf seine eigene Pensionierung warten wird.«
»Schlechtes Zeichen«, sagte die Frau. »Das heißt also, daß du bereits aufgibst.« Sie aß ihren Maisbrei weiter. Einen Augenblick darauf bemerkte sie, daß ihr Mann noch immer geistesabwesend war.
»Jetzt mußt du aber deinen Maisbrei essen.«
»Er schmeckt ausgezeichnet«, sagte der Oberst. »Woher stammt er?«
»Vom Hahn«, antwortete die Frau. »Die Jungen

haben ihm soviel Mais gebracht, daß er beschlossen hat, ihn mit uns zu teilen. So ist das Leben.«
»So ist es«, seufzte der Oberst. »Das Leben ist das Beste, was je erfunden wurde.«
Er blickte den am Fuß des Herdes festgebundenen Hahn an, und jetzt kam er ihm völlig verändert vor. Auch die Frau blickte ihn an.
»Heute nachmittag mußte ich die Kinder mit einem Stock verjagen«, sagte sie. »Sie brachten eine alte Henne und wollten sie von dem Hahn bespringen lassen.«
»Das ist nicht das erste Mal«, sagte der Oberst. »Dasselbe wurde in den Dörfern mit dem Oberst Aureliano Buendía gemacht. Man brachte ihm junge Mädchen zum Bespringen.«
Sie freute sich über den Einfall. Der Hahn gab einen Kehllaut von sich, der in den Gang drang wie eine gedämpfte Unterhaltung.
»Manchmal denke ich, das Tier spricht gleich«, sagte die Frau. Der Oberst blickte ihn wieder an.
»Der Hahn ist klingende Münze«, sagte er. Er stellte Berechnungen an, während er einen Löffel Maisbrei schlürfte. »Er wird uns drei Jahre zu essen geben.«

»Illusionen sind nicht eßbar«, sagte die Frau.
»Sie sind nicht eßbar, aber sie ernähren«, erwiderte der Oberst. »Sie sind wie die Wundertabletten meines Gevatters Sabas.«
In jener Nacht schlief er schlecht, weil er sich ständig bemühte, Zahlen in seinem Kopf auszulöschen. Beim Mittagessen des darauffolgenden Tages stellte die Frau zwei Teller Maisbrei auf den Tisch und verzehrte den ihren mit gesenktem Kopf, ohne ein Wort zu sagen. Der Oberst ließ sich von ihrer finsteren Laune anstecken.
»Was hast du?«
»Nichts«, sagte die Frau.
Er hatte den Eindruck, daß diesmal sie gelogen hatte. Er versuchte sie zu trösten. Doch die Frau war beharrlich.
»Nichts Besonderes«, sagte sie. »Ich denke nur daran, daß der Tote bald drei Monate im Grab liegt und ich noch keinen Beileidsbesuch gemacht habe.«
Sie ging noch am selben Abend hin. Der Oberst begleitete sie bis zum Haus des Toten; dann, von Lautsprechermusik angelockt, schlug er den Weg zum Kino ein. Vor seinem Arbeitszimmer sitzend, überwachte Pater Angel den Eingang,

um festzustellen, wer trotz seiner zwölf Warnschläge die Vorstellung besuchte. Der Lichterglanz, die schrille Musik und das Kindergeschrei leisteten in dem Teil des Dorfes physischen Widerstand. Einer der Kleinen bedrohte den Oberst mit einem Holzgewehr.

»Was ist mit dem Hahn, Oberst«, sagte er im Befehlston.

Der Oberst hob die Hände.

»Dem Hahn geht's gut.«

Ein Vierfarbenplakat nahm die gesamte Kinofassade ein: »Mitternachtsjungfrau«. Es war eine Frau im Ballkleid mit einem bis zum Schenkel entblößten Bein. Der Oberst schlenderte durch die anliegenden Gassen, bis es donnerte und blitzte. Dann machte er kehrt, um seine Frau abzuholen.

Sie war nicht im Haus des Toten. Auch nicht zu Hause. Der Oberst rechnete sich aus, daß wenig bis zur Sperrstunde fehlte, doch die Uhr stand. Er wartete und fühlte das Gewitter auf das Dorf zukommen. Er wollte gerade von neuem ausgehen, als seine Frau das Haus betrat.

Er trug den Hahn ins Schlafzimmer. Sie wechselte die Kleider und ging ins Wohnzimmer

Wasser trinken, gerade als der Oberst die Uhr aufgezogen hatte und auf das Hornsignal wartete, um sie zu stellen.

»Wo warst du?« fragte der Oberst.

»Irgendwo«, antwortete die Frau. Sie stellte das Glas in den Ausguß, ohne ihren Mann anzublikken und ging wieder ins Schlafzimmer. »Niemand hat geglaubt, daß es so früh regnen würde.« Der Oberst äußerte sich nicht dazu. Als das Hornsignal ertönte, stellte er die Uhr auf elf, schloß ihr Glasfenster und brachte den Stuhl an seinen Platz zurück. Er fand seine Frau beim Rosenkranzbeten.

»Du hast mir eine Frage nicht beantwortet«, sagte der Oberst.

»Welche?«

»Wo du gewesen bist.«

»Ich habe mich irgendwo festgeredet«, sagte sie. »Ich bin so lange nicht ausgewesen.«

Der Oberst hängte seine Hängematte auf. Er verschloß das Haus und versprühte Insektentod im Zimmer. Dann stellte er die Lampe auf den Boden und legte sich nieder.

»Ich verstehe dich«, sagte er traurig. »Schlimm ist nur, daß die böse Lage einen zum Lügen zwingt.«

Sie stieß einen langen Seufzer aus.
»Ich war bei Pater Angel«, sagte sie. »Ich wollte ihn um ein Darlehen auf unsere Eheringe bitten.«
»Und was hat er gesagt?«
»Es sei Sünde, mit heiligen Gegenständen Handel zu treiben.« Sie sprach hinter dem Moskitonetz weiter. »Seit zwei Tagen versuche ich, die Uhr loszuwerden«, sagte sie. »Aber niemand will sie haben, weil es moderne Uhren mit Leuchtziffern auf Ratenzahlung zu kaufen gibt. Man kann im Dunkeln die Zeit ablesen.« Der Oberst stellte fest, daß vierzig Jahre gemeinsamen Lebens, gemeinsamen Hungerns, gemeinsamen Leidens nicht genügt hatten, um seine Frau kennenzulernen. Er spürte, daß auch etwas an ihrer Liebe gealtert war.
»Das Bild will auch niemand«, sagte sie. »Fast alle haben das gleiche. Ich war sogar bei den Türken.«
Der Oberst fühlte Bitterkeit.
»Also wissen jetzt alle, daß wir am Verhungern sind.«
»Ich bin es müde«, sagte die Frau. »Die Männer haben keine Ahnung, wie schwer ein Haushalt

zu führen ist. Ich habe mehrmals Steine aufgekocht, damit die Nachbarn nicht merken, daß seit Tagen nichts bei uns im Topf ist.«
Der Oberst fühlte sich beleidigt.
»Das ist eine echte Demütigung«, sagte er.
Die Frau kam unter ihrem Moskitonetz hervor und trat zur Hängematte. »Ich habe das Getue und die Betrachtungen in diesem Hause satt«, sagte sie. Ihre Stimme wurde dunkel vor Zorn. »Ich habe die Nase voll von Entsagung und Haltung.«
Der Oberst bewegte keinen Muskel.
»Zwanzig Jahre warten wir auf die bunten Vögelchen, die sie dir nach jeder Wahl versprochen haben, und von all dem ist nichts geblieben als ein toter Sohn«, fuhr sie fort. »Nichts als ein toter Sohn.«
Der Oberst war an Vorwürfe dieser Art gewöhnt.
»Wir haben unsere Pflicht getan«, sagte er.
»Und sie haben sie getan und daran im Senat zwanzig Jahre hindurch tausend Pesos monatlich verdient«, erwiderte die Frau. »Schau dir meinen Gevatter Sabas an mit seinem zweistökkigen Haus, das noch zu klein ist für all sein

Geld, ein Mann, der als Medizinverkäufer ins Dorf gekommen ist, mit einer Schlange um den Hals.«

»Aber er stirbt langsam an Zucker«, sagte der Oberst.

»Und du stirbst langsam an Hunger«, sagte die Frau. »Damit du dich davon überzeugst, daß man Haltung nicht essen kann.«

Der Blitz unterbrach sie. Der Donnerschlag barst auf der Straße, drang ins Schlafzimmer und rollte unter das Bett wie ein Haufen Steine. Die Frau sprang mit einem Satz zum Moskitonetz und griff nach dem Rosenkranz.

Der Oberst lächelte.

»Das kommt davon, wenn man seine Zunge nicht im Zaum hält«, sagte er. »Ich habe dir immer gesagt, daß Gott mein Parteigenosse ist.«

Aber in Wirklichkeit fühlte er Bitterkeit. Einen Augenblick später löschte er das Licht und versank in der blitzdurchzuckten Finsternis in Nachdenken. Macondo fiel ihm ein. Zehn Jahre hatte der Oberst darauf gewartet, daß die Versprechungen von Neerlandia wahr wurden. In der Mittagsschläfrigkeit sah er einen gelben staubbedeckten Zug, bis zu den Wagendächern hinauf mit hitzebetäubten Männern und Frauen und mit Tieren beladen. Das war das Bananenfieber. In vierundzwanzig Stunden war das Dorf verwandelt. »Ich gehe«, sagte damals der Oberst. »Der Bananengeruch dreht mir die Eingeweide um.« Und er verließ Macondo mit dem zurückfahrenden Zug am Mittwoch, den 27. Juni Neunzehnhundertsechs um zwei Uhr und achtzehn Minuten nachmittags. Er brauchte ein halbes Jahrhundert, um sich klar zu machen, daß er seit der Übergabe von Neerlandia keine ruhige Minute gehabt hatte.

Er öffnete die Augen.

»Dann braucht man nicht weiter zu überlegen«, sagte er.

»Was?«

»Die Sache mit dem Hahn«, sagte der Oberst. »Gleich morgen verkaufe ich ihn an meinen Gevatter Sabas für neunhundert Pesos.«

Durch das Fenster drang das Stöhnen der kastrierten Tiere ins Büro und vermengte sich mit Don Sabas' Rufen. Wenn er in zehn Minuten nicht kommt, gehe ich, gelobte sich der Oberst nach zwei Stunden Warten. Aber er wartete zwanzig Minuten länger. Er wollte gerade gehen, als Don Sabas, gefolgt von einer Schar Taglöhner, ins Büro trat. Ohne ihn anzusehen, ging er mehrmals am Oberst vorbei. Erst als die Taglöhner fortgingen, entdeckte er ihn.

»Warten Sie auf mich, Gevatter?«

»Ja, Gevatter«, sagte der Oberst. »Aber wenn Sie sehr beschäftigt sind, kann ich später wiederkommen.«

Don Sabas hörte ihn nicht von der anderen Seite der Tür.

»Ich komme gleich«, sagte er.

Es war ein glühendheißer Mittag. Das Büro leuchtete im Widerschein der Straße. Von der Hitze betäubt, schloß der Oberst unwillkürlich die Augen und begann sofort von seiner Frau zu träumen. Don Sabas' Frau trat auf Zehenspitzen ein.

»Wachen Sie nicht auf, Gevatter«, sagte sie. »Ich will die Jalousien herunterlassen, denn das Büro ist eine Hölle.«

Der Oberst folgte ihr mit völlig bewußtlosem Blick. Sie sprach im Halbdunkel weiter, als sie das Fenster geschlossen hatte.

»Träumen Sie viel?«

»Gelegentlich«, antwortete der Oberst und war beschämt, eingeschlafen zu sein. »Ich träume fast immer, daß ich in Spinnweben hängen bleibe.«

»Ich habe jede Nacht Alpträume«, sagte die Frau. »Jetzt habe ich herausgefunden, wer die unbekannten Leute sind, denen man in Träumen begegnet.«

Sie schaltete den elektrischen Ventilator ein. »Vergangene Woche ist mir eine Frau am Kopfende meines Bettes erschienen«, sagte sie. »Ich brachte den Mut auf, sie zu fragen, wer sie sei und sie erwiderte: ich bin die Frau, die vor zwölf Jahren in diesem Schlafzimmer gestorben ist.«

»Das Haus steht aber erst knapp zwei Jahre«, sagte der Oberst.

»Stimmt«, sagte die Frau. »Das heißt, daß sogar die Toten sich irren.«

Das Summen des elektrischen Ventilators vertiefte das Halbdunkel. Der Oberst wurde ungeduldig, gequält von der lähmenden Hitze und von der plappernden Frau, die von den Träumen unmittelbar zum Geheimnis der Seelenwanderung überging. Er wartete auf eine Pause, um sich zu verabschieden, als Don Sabas mit seinem Vorarbeiter ins Büro trat.
»Ich habe dir die Suppe viermal aufgewärmt«, sagte die Frau.
»Wenn's dir Spaß macht, wärme sie zehnmal auf«, sagte Don Sabas. »Aber geh mir nicht auf die Nerven.«
Er öffnete den Geldschrank und händigte seinem Vorarbeiter ein Bündel Banknoten aus, wobei er ihm eine Reihe von Anweisungen gab. Der Vorarbeiter zog die Jalousien hoch, um das Geld zu zählen. Don Sabas sah den Oberst im Hintergrund des Büros, zeigte aber keinerlei Überraschung. Er sprach mit dem Vorarbeiter weiter. Der Oberst richtete sich in dem Augenblick auf, als die beiden Männer von neuem das Büro verlassen wollten. Don Sabas hielt inne, bevor er die Tür öffnete:
»Womit kann ich dienen, Gevatter?«

Der Oberst merkte, daß der Vorarbeiter ihn ansah.
»Mit nichts, Gevatter«, sagte er. »Ich hätte gerne mit Ihnen gesprochen.«
»Egal, um was es sich handelt, sagen Sie's gleich«, sagte Don Sabas. »Ich habe keine Minute übrig.«
Er stand die Hand auf dem Türknauf. Der Oberst fühlte die längsten fünf Sekunden seines Lebens verstreichen. Er biß auf die Zähne.
»Es ist wegen des Hahns«, murmelte er.
Don Sabas öffnete die Tür.
»Wegen des Hahns«, wiederholte er lächelnd und schob den Vorarbeiter in den Gang hinaus. »Die Welt geht zu Bruch, und mein Gevatter hat nichts im Sinn als seinen Hahn.« Und zum Oberst gewandt:
»Na schön, Gevatter. Ich komme gleich wieder.«
Der Oberst blieb reglos in der Mitte des Büros stehen, bis die Schritte der beiden Männer am Ende des Gangs verhallt waren. Dann trat er auf die Straße hinaus und ging durch das vom Sonntagmittagsschlaf gelähmte Dorf. In der Schneiderei war niemand. Die Arztpraxis war ge-

schlossen. Niemand bewachte die in den Syrerläden ausgestellte Ware. Der Fluß war eine Stahlklinge. Im Hafen schlief ein Mann auf vier Ölfässern, ein Hut schützte sein Gesicht vor der Sonne. Der Oberst ging seinem Haus entgegen in der Gewißheit, das einzige im Dorf zu sein, was sich bewegte.

Die Frau erwartete ihn mit einem vollständigen Mittagessen.

»Ich habe es anschreiben lassen und versprochen, morgen früh zu bezahlen«, erklärte sie.

Während des Mittagessens erzählte der Oberst die Ereignisse der vergangenen drei Stunden. Ungeduldig hörte sie zu.

»Dir fehlt es eben an Charakter«, sagte sie sofort. »Du gehst hin, als wolltest du um ein Almosen betteln, statt mit erhobenem Kopf aufzutreten, meinen Gevatter beiseite zu rufen und zu sagen: »Gevatter, ich habe beschlossen, Ihnen meinen Hahn zu verkaufen.«

»So wäre das Leben reine Angeberei«, sagte der Oberst.

Nun wurde sie energisch. Am Vormittag hatte sie großen Hausputz gemacht und steckte in seltsamen Kleidern, trug die alten Schuhe ihres

Mannes, eine Wachstuchschürze und einen über den Ohren geknoteten Fetzen als Kopftuch.
»Du hast überhaupt keinen Geschäftssinn«, sagte sie. »Wenn man etwas verkaufen will, muß man die Miene des Käufers aufsetzen.«
Der Oberst entdeckte etwas Komisches an ihrer Aufmachung.
»Bleib, wie du bist«, unterbrach er sie lächelnd. »Du siehst aus wie das Männchen auf den Quaker-Flocken.«
Sie nahm den Fetzen vom Kopf.
»Ich meine es ernst«, sagte sie. »Jetzt gleich gehe ich mit dem Hahn zu meinem Gevatter und wette mit dir, was du willst, daß ich in einer halben Stunde mit den neunhundert Pesos zurück bin.«
»Die Nullen sind dir zu Kopf gestiegen«, sagte der Oberst. »Du verspielst bereits den Gewinn des Hahns.«
Es kostete ihn Mühe, sie davon abzubringen. Sie hatte den Vormittag damit verbracht, im Geiste ein Dreijahresprogramm ohne die Freitagsqualen zu planen. Sie hatte das Haus hergerichtet zum Empfang der neunhundert Pesos. Sie hatte eine Liste der notwendigsten Dinge aufgestellt,

ohne ein Paar neue Schuhe für den Oberst zu vergessen. Sie hatte im Schlafzimmer einen Platz für den Spiegel ausgewählt. Das plötzliche Scheitern ihrer Pläne erregte in ihr ein verworrenes Gefühl von Beschämung und Unwillen.
Sie hielt einen kurzen Mittagsschlaf. Als sie sich aufrichtete, saß der Oberst im Innenhof.
»Und was machst du jetzt?« fragte sie.
»Ich denke nach«, sagte der Oberst.
»Dann ist das Problem gelöst. Dann können wir in fünfzig Jahren mit dem Geld rechnen.«
In Wirklichkeit hatte der Oberst beschlossen, den Hahn noch am selben Nachmittag zu verkaufen. Er dachte an Don Sabas, wie er sich allein in seinem Büro vor dem elektrischen Ventilator auf die tägliche Einspritzung vorbereitete. Er hatte sich seine Antworten zurechtgelegt.
»Nimm den Hahn mit«, riet ihm seine Frau beim Ausgehen. »Das Gesicht des Heiligen wirkt Wunder.«
Der Oberst widersetzte sich. Sie folgte ihm mit verzweifelter Angst bis zur Tür.
»Egal, ob die Bande im Büro ist«, sagte sie. »Du packst ihn am Arm und läßt ihn nicht los, bis er dir die neunhundert Pesos gegeben hat.«

»Die werden glauben, wir bereiten einen Raubüberfall vor.«
Sie hörte nicht zu.
»Vergiß nicht, daß du der Besitzer des Hahns bist«, beharrte sie. »Vergiß nicht, daß du es bist, der ihm einen Gefallen tut.«
»Schön.«

Don Sabas war mit dem Arzt im Schlafzimmer.
»Nutzen Sie die Gelegenheit aus, Gevatter«, sagte seine Frau zum Oberst.
»Der Arzt macht ihn für seine Reise aufs Landgut fertig, und vor Donnerstag kommt er nicht zurück.« Der Oberst fühlte sich hin- und hergerissen: einerseits war er entschlossen, den Hahn zu verkaufen; andrerseits wäre er lieber eine Stunde später gekommen, um Don Sabas nicht mehr anzutreffen.
»Ich kann warten«, sagte er.
Aber die Frau ließ nicht locker. Sie führte ihn ins Schlafzimmer, wo ihr Mann auf dem Himmelbett saß, in Unterhosen, die farblosen Augen auf den Arzt geheftet. Der Oberst wartete, bis der Arzt die Reagenzgläser mit dem Urin des Patienten erhitzt, den Dampf beschnuppert und Don Sabas beifällig zugenickt hatte.

»Man wird ihn erschießen müssen«, sagte der Arzt, zum Oberst gewandt. »Die Zuckerkrankheit braucht zu lange, um mit den Reichen aufzuräumen.«

»Dabei haben Sie mit Ihren verdammten Insulinspritzen das Menschenmögliche getan«, sagte Don Sabas und machte einen Satz auf seinen schwammigen Gesäßbacken. »Aber ich bin ein Nagel, an dem man sich die Zähne ausbeißt.« Und dann, zum Oberst gewandt:

»Voran, Gevatter. Als ich heute nachmittag zurückkam und Sie suchte, war nicht mal Ihr Hut mehr da.«

»Ich trage keinen, damit ich ihn vor niemandem ziehen muß.«

Don Sabas begann sich anzukleiden. Der Arzt steckte eine Glasröhre mit einer Blutprobe in die Jackentasche. Dann packte er sein Köfferchen. Der Oberst dachte, er werde sich verabschieden.

»An ihrer Stelle würde ich meinem Gevatter eine Rechnung über hunderttausend Pesos ausstellen, Doktor«, sagte er. »Auf diese Weise hätten Sie dann nicht so viel zu tun.«

»Das Geschäft habe ich ihm bereits vorgeschlagen, aber über eine Million«, sagte der Arzt. »Armut ist die beste Arznei gegen die Zuckerkrankheit.«

»Danke für das Rezept«, sagte Don Sabas, bemüht, seinen massigen Bauch in den Reithosen zu verstauen. »Doch nehme ich es nicht an, um Ihnen das Verhängnis des Reichseins zu ersparen.« Der Arzt sah seine eigenen Zähne im Nikkelschloß seines Köfferchens gespiegelt. Er blickte auf seine Uhr, ohne Ungeduld zu zeigen. Als Don Sabas die Reitstiefel anzog, wandte er sich unvermittelt an den Oberst.

»Schön, Gevatter, was ist mit dem Hahn los?«

Der Oberst merkte, daß auch der Arzt auf seine Antwort wartete. Er biß sich auf die Zähne.

»Nichts, Gevatter«, murmelte er. »Ich komme nur, um ihn Ihnen zu verkaufen.«

Don Sabas war mit dem Anziehen seiner Stiefel fertig.

»Sehr gut, Gevatter«, sagte er gleichmütig. »Das ist das Vernünftigste, was Ihnen einfallen konnte.«

»Ich bin zu alt für den ganzen Trubel«, rechtfertigte sich der Oberst angesichts der undurchdringlichen Miene des Arztes. »Wäre ich zwanzig Jahre jünger, dann wäre es etwas anderes.«

»Sie werden immer zwanzig Jahre jünger sein«, erwiderte der Arzt.

Der Oberst holte tief Luft. Er wartete, daß Don Sabas etwas hinzufügte, doch der tat es nicht. Zog eine Lederweste mit Reißverschluß an und schickte sich an, das Schlafzimmer zu verlassen.

»Wenn Sie wollen, sprechen wir kommende Woche darüber, Gevatter«, sagte der Oberst.

»Das wollte ich gerade sagen«, sagte Don Sabas. »Ich habe einen Kunden, der Ihnen vielleicht vierhundert Pesos zahlt. Aber wir müssen bis zum Donnerstag warten.«

»Wieviel?« fragte der Arzt.

»Vierhundert Pesos.«

»Ich hatte gehört, er sei viel mehr wert«, sagte der Arzt.

»Sie hatten mir von neunhundert Pesos gesprochen«, sagte der Oberst, von der Verblüffung des Arztes ermutigt. »Es ist der beste Hahn im ganzen Landkreis.«

Don Sabas antwortete dem Arzt.

»Zu jeder anderen Zeit hätte ich tausend gegeben«, erklärte er. »Aber heutzutage wagt niemand, einen guten Hahn kämpfen zu lassen. Er läuft immer Gefahr, den Kampfplatz erschossen zu verlassen.« Mit gespielter Untröstlichkeit wandte er sich an den Oberst:

»Das war es, was ich Ihnen sagen wollte, Gevatter.«

Der Oberst nickte.

»Gut«, sagte er.

Er folgte ihnen auf den Gang. Der Arzt blieb im Wohnzimmer zurück, weil Don Sabas' Frau ihn um ein Mittel gebeten hatte »für das Zeug, das einen plötzlich überkommt und von dem man nicht weiß, was es ist«. Der Oberst wartete im Büro auf ihn. Don Sabas öffnete den Kassenschrank, steckte sich Geld in alle Taschen und reichte dem Oberst vier Scheine.

»Hier haben Sie sechzig Pesos, Gevatter«, sagte er. »Wenn der Hahn verkauft ist, rechnen wir ab.«

Der Oberst begleitete den Arzt durch die Bazare des Hafens, die sich in der Abendkühle zu beleben begannen. Eine mit Zuckerrohr beladene Barkasse fuhr durch die Fahrrinne flußabwärts. Der Oberst fand den Arzt ungewöhnlich einsilbig.

»Und wie geht es Ihnen, Doktor?«

Der Arzt zuckte mit den Achseln.
»Mittelmäßig«, sagte er. »Ich glaube, ich brauche einen Arzt.«
»Das ist der Winter«, sagte der Oberst. »Mir bringt er die Eingeweide in Aufruhr.«
Der Arzt beobachtete ihn ohne eine Spur von Berufsinteresse. Er grüßte im Vorbeigehen die vor den Türen ihrer Läden sitzenden Syrer. An der Tür der Arztpraxis erläuterte der Oberst seine Einstellung zum Verkauf des Hahns.
»Mir blieb nichts anderes übrig«, erklärte er. »Das Tier nährt sich von Menschenfleisch.«
»Das einzige Tier, daß sich von Menschenfleisch nährt, ist Don Sabas«, sagte der Arzt. »Ich bin sicher, er wird den Hahn für neunhundert weiterverkaufen.«
»Glauben Sie?«
»Ich bin sicher«, sagte der Arzt. »Es ist ein ebenso rundes Geschäft wie sein berühmter patriotischer Pakt mit dem Bürgermeister.«
Der Oberst wollte es nicht glauben. »Mein Gevatter hat diesen Pakt abgeschlossen, um seine Haut zu retten«, sagte er. »Dadurch konnte er im Dorf bleiben.«
»Und dadurch konnte er den Besitz seiner eige-

nen Parteigenossen, die der Bürgermeister aus dem Dorf stieß, zum halben Preis kaufen«, erwiderte der Arzt. Er klopfte an die Tür, weil er seinen Schlüssel nicht in der Tasche fand. Dann blickte er dem ungläubigen Oberst ins Gesicht.

»Seien Sie nicht so naiv«, sagte er. »Don Sabas interessiert Geld viel mehr als seine eigene Haut.«

Abends ging die Frau des Oberst einkaufen. Er begleitete sie zu den Läden der Syrer und dachte über die Enthüllungen des Arztes nach.

»Geh gleich nachher zu den Jungen und sag ihnen, daß der Hahn verkauft ist«, sagte sie zu ihm. »Man darf sie nicht im Unklaren lassen.«

»Der Hahn ist nicht verkauft, solange Gevatter Sabas nicht zurück ist«, antwortete der Oberst.

Er fand Álvaro im Billardsaal beim Roulettespiel. Das Lokal kochte an diesem Sonntagabend. Die Schwingungen des voll aufgedrehten Radios schienen die Hitze noch zu verstärken. Der Oberst freute sich an den farbenfrohen, auf ein großes schwarzes Wachstuch gemalten Zahlen; sie wurden von einer Petroleumlampe beleuchtet, die auf einer Kiste mitten auf dem Tisch stand. Álvaro bestand offenbar darauf, mit der Dreiundzwanzig zu verlieren. Der Oberst, der das Spiel über dessen Schulter hinweg verfolgte, sah, daß die Elf viermal in neun Runden herauskam.

»Setz auf die Elf«, murmelte er Álvaro ins Ohr. »Die kommt am meisten heraus.«

Álvaro musterte das Tuch. Bei der nächsten Runde setzte er nicht. Zog Geld aus der Hosentasche und mit dem Geld ein Blatt Papier. Er gab es dem Oberst unter dem Tisch.

»Es ist von Agustín«, sagte er.

Der Oberst steckte das geheime Flugblatt in die Tasche. Álvaro setzte hoch auf die Elf.

»Fang mit wenig an«, sagte der Oberst.

»Vielleicht ist es ein guter Tip«, erwiderte Álvaro. Einige neben ihm stehende Spieler zogen ihre Einsätze von anderen Nummern ab und setzten auf die Elf, als das riesige bunte Rad sich schon drehte. Der Oberst fühlte sich bedrückt. Zum ersten Mal spürte er die Anziehungskraft, den Kitzel und die Bitterkeit des Glücksspiels.

Die fünf kam heraus.

»Tut mir leid«, sagte der Oberst beschämt und folgte mit unwiderstehlichem Schuldgefühl dem Holzrechen, der Álvaros Geld einstrich. »So geht es, wenn man die Nase in Dinge steckt, die einen nichts angehen.«

Álvaro lächelte, ohne ihn anzuschauen.

»Keine Sorge, Oberst. Versuchen Sie's mal mit der Liebe.«

Plötzlich brachen die Trompetentöne des Mambos ab. Die Spieler liefen mit erhobenen Händen auseinander. Der Oberst hörte hinter sich das trockene, deutliche, kalte Knacken, mit dem ein Gewehr in Anschlag gebracht wird. Er begriff, daß er mit seinem geheimen Flugblatt in der Tasche in eine Polizeirazzia geraten war. Er machte halb kehrt, ohne die Hände zu heben. Und sah zum ersten Mal im Leben aus nächster Nähe den Mann, der auf seinen Sohn geschossen hatte. Der stand dicht vor ihm, den Gewehrlauf auf seinen Bauch gerichtet. Er war klein, ein Mischling mit Indioblut und gegerbter Haut, und verströmte einen kindlichen Geruch. Der Oberst biß die Zähne aufeinander und schob mit den Fingerspitzen behutsam den Gewehrlauf beiseite.

»Gestatten«, sagte er.

Er begegnete zwei kleinen runden Fledermausaugen. Einen Lidschlag lang fühlte er sich von diesen Augen verschluckt, zermalmt, verdaut und sofort ausgestoßen.
»Sie können gehen, Oberst.«

Er brauchte nicht das Fenster zu öffnen, um den Dezember zu erkennen. Er entdeckte ihn in seinen eigenen Knochen, als er in der Küche die Früchte für das Frühstück des Hahns kleinhackte. Dann öffnete er die Tür, und der Anblick des Innenhofs bestätigte seine Vermutung. Es war ein herrlicher Innenhof, Gras und Bäume und Aborthäuschen schwebten in der Helligkeit einen Millimeter über dem Erdboden.

Seine Frau blieb bis neun im Bett. Als sie in der Küche erschien, hatte der Oberst bereits das Haus aufgeräumt und unterhielt sich mit den Jungen, die den Hahn umstanden. Sie mußte einen Bogen machen, um zum Herd zu gelangen.

»Geht mir aus dem Weg«, rief sie. Sie wandte dem Tier einen finsteren Blick zu. »Ich möchte wissen, wann dieser Unglücksvogel hier endlich verschwindet.«

Der Oberst maß die Laune seiner Frau an dem Hahn. Nichts an ihm verdiente ihren Zorn. Er war reif, abgerichtet zu werden. Der Hals und

die geschorenen Schenkel waren blaurot, der Kamm gestutzt, das Tier hatte eine magere Gestalt, ein wehrloses Aussehen bekommen.
»Schau aus dem Fenster und vergiß den Hahn«, sagte der Oberst, als die Jungen fort waren. »An einem Morgen wie diesem bekommt man Lust, sich fotografieren zu lassen.«
Sie trat zum Fenster, doch ihr Gesicht verriet keinerlei Bewegung. »Ich würde gerne Rosen pflanzen«, sagte sie, zum Herd zurückkehrend.
Der Oberst hängte den Rasierspiegel an den Stützbalken.
»Wenn du Rosen pflanzen willst, dann pflanze«, sagte er.
Er versuchte seine Bewegungen mit denen des Abbilds in Einklang zu bringen.
»Die Schweine fressen sie«, sagte sie.
»Um so besser«, sagte der Oberst. »Mit Rosen gemästete Schweine müssen hervorragend schmecken.«
Er suchte seine Frau im Spiegel und stellte fest, daß ihr Gesichtsausdruck unverändert war. Im Feuerschein wirkte ihr Gesicht wie aus dem Lehm des Herdes modelliert. Ohne es zu merken, rasierte sich der Oberst, die Augen auf sie

geheftet, nach dem Tastsinn, wie er es viele Jahre hindurch getan hatte. Die Frau schwieg lange, versonnen.

»Ich will aber keine pflanzen«, sagte sie.

»Schön«, sagte der Oberst. »Dann pflanze eben keine.«

Er fühlte sich wohl. Der Dezember hatte die Flora seiner Eingeweide eintrocknen lassen. An diesem Morgen hatte er vergeblich seine neuen Schuhe anzuziehen versucht. Nach mehreren Versuchen hatte er die Bemühung als fruchtlos aufgegeben und seine Lackstiefel angezogen. Seiner Frau fiel der Tausch auf.

»Wenn du die neuen nicht anziehst, wirst du sie nie zähmen«, sagte sie.

»Es sind Schuhe für einen Gelähmten«, warf der Oberst ein. »Schuhwerk müßte man mit einem Monat Probezeit kaufen können.«

Er trat auf die Straße, beschwingt von dem Vorgefühl, daß am Nachmittag der Brief ankommen würde. Da es für die Barkassen noch zu früh war, wollte er Don Sabas in dessen Büro erwarten. Aber er erfuhr, daß er erst am Montag zurück sein würde. Er verzweifelte nicht, obgleich er diese Unannehmlichkeit nicht vorausgesehen hatte. Früher oder später muß er kommen, sagte er sich und wandte sich zum Hafen in einem wundervollen Augenblick ungewöhnlicher Helligkeit.

»Es müßte das ganze Jahr Dezember sein«, murmelte er, im Laden des Syrers Moisés sitzend. »Man fühlt sich, als wäre man aus Glas.«

Der Syrer Moisés mußte sich anstrengen, um den Gedanken in sein fast vergessenes Arabisch zu übersetzen. Er war ein friedlicher, bis zum Schädel in glatter straffer Haut steckender Orientale mit den zähen Bewegungen einer Wasserleiche. Er sah tatsächlich aus wie vom Ertrinken gerettet.

»Früher war das so«, sagte er. »Wäre es jetzt noch so, ich wäre achthundertsiebenundneunzig Jahre alt. Und du?«

»Fünfundsiebzig«, sagte der Oberst, mit dem Blick den Postbeamten verfolgend. Erst jetzt entdeckte er den Zirkus. Er erkannte das geflickte Zelt auf dem Dach der Postbarkasse zwischen einem Haufen bunter Gegenstände. Einen Augenblick verlor er den Beamten aus den Augen, weil er auf den anderen Barkassen die Raubtiere zwischen den gestapelten Kisten suchte. Er fand sie nicht.

»Es ist ein Zirkus«, sagte er. »Der erste, der nach zehn Jahren hierher kommt.«

Der Syrer Moisés vergewisserte sich über die Auskunft. Er sprach mit seiner Frau in einem Gemisch aus Arabisch und Spanisch. Sie antwortete aus der Hinterstube. Er machte eine Bemerkung zu sich selbst und übersetzte dem Oberst seine Besorgnis.

»Verstecken Sie den Kater, Oberst. Die Jungen werden ihn Ihnen wegstehlen, um ihn an den Zirkus zu verkaufen.«

Der Oberst schickte sich an, dem Postbeamten nachzugehen.

»Es ist kein Raubtierzirkus«, sagte er.

»Wenn schon«, erwiderte der Syrer. »Die Seiltänzer essen Katzen, damit sie sich nicht die Knochen brechen.«

Er folgte dem Postbeamten durch die Basare des Hafens bis zum Platz. Dort überraschte ihn der Trubel in der Hahnenkampfarena. Jemand sagte ihm im Vorbeigehen etwas über seinen Hahn. Erst jetzt erinnerte er sich daran, daß es der erste Trainingstag war.

Er ging am Postamt vorüber. Einen Augenblick später tauchte er im Gewühl der Hahnenkampfarena unter. Er sah seinen Hahn mitten im Ring stehen, allein, wehrlos, die Sporen umwickelt, seine Beine zitterten offensichtlich vor Angst. Der Gegner war ein trauriger, aschgrauer Hahn.

Der Oberst empfand keinerlei Erregung. Er sah eine Folge gleichwertiger Angriffe. Blitzschnelles Wirbeln von Federn und Beinen und Hälsen inmitten jubelnder Begeisterung. Gegen die Bretter der Schranke geschleudert, machte der Gegner auf der Stelle kehrt und ging von neuem zum Angriff über. Sein Hahn griff nicht an. Er wehrte jeden Ansturm ab und fiel auf die haargenau gleiche Stelle zurück. Doch jetzt zitterten seine Beine nicht mehr.

Germán sprang über die Schranke, hob ihn mit beiden Händen hoch und zeigte ihn dem Publikum in den Bankreihen. Ein Sturm von Rufen und Klatschen brach los. Den Oberst beeindruckte das Mißverhältnis zwischen der begeisterten Huldigung und der Intensität des Schauspiels. Es kam ihm wie eine Posse vor, zu der sich freiwillig und bewußt auch die Hähne hergaben.

Von leicht geringschätziger Neugierde getrieben, musterte er die Rundtribüne. Eine erregte Menschenmenge stürzte über die Bankreihen in den Ring hinunter. Der Oberst betrachtete das Gewirr erhitzter, gieriger, erschreckend lebendiger Gesichter. Es waren junge Leute. Alle jungen Leute des Dorfs. Wieder erlebte er wie in einer Vorahnung einen verschwommenen Augenblick am Horizont seiner Erinnerung. Dann sprang er über die Schranke, bahnte sich einen Weg durch die in der Arena versammelte Menge und stand Germáns ruhigen Augen gegenüber. Sie blickten einander an, ohne einen Lidschlag.

»Guten Tag, Oberst.«

Der Oberst nahm ihm den Hahn ab. »Guten Tag«, murmelte er. Mehr sagte er nicht, weil ihn der warme, tiefe Herzschlag des Hahns durchschauerte. Er dachte, er habe nie etwas so Lebendiges in den Händen gehalten.

»Sie waren nicht zu Hause«, sagte Germán verwirrt.

Neuer Beifallsturm unterbrach ihn. Der Oberst fühlte sich eingeschüchtert. Wiederum bahnte er sich einen Weg, ohne jemanden anzublicken, betäubt vom Klatschen und vom Geschrei, und verließ mit dem Hahn unter dem Arm den Kampfplatz.

Das ganze Dorf, das kleine Volk trat auf die Straße, um ihn, die Schulkinder im Schlepptau, vorübergehen zu sehen. Ein riesiger Neger mit einer Schlange um den Hals stand an einer Ecke des Platzes auf einem Tisch und bot ohne Lizenz Arzneien feil. Auf dem Rückweg vom Hafen war eine zahlreiche Menschenmenge stehengeblieben und lauschte seinen Anpreisungen. Aber als der Oberst mit dem Hahn vorübereilte, wandte sich aller Aufmerksamkeit ihm zu. Nie war sein Heimweg so lang gewesen.

Er bereute es nicht. Seit langer Zeit hatte das Dorf dahingedämmert, zerrüttet von zehn Jahren Geschichte. An diesem Nachmittag, einem neuen Freitag ohne Brief, waren die Menschen erwacht. Der Oberst dachte an eine andere Zeit zurück. Er sah sich mit Frau und Sohn unter dem Regenschirm einem Schauspiel beiwohnen, das trotz des Regens nicht unterbrochen wurde. Er dachte an die Führer seiner Partei, die säuberlich gekämmt sich im Innenhof seines Hauses im Takt der Musik fächelten. Er fühlte wieder den schmerzhaften Widerhall der Pauke in seinen Eingeweiden.

Er überquerte die parallel zum Fluß verlaufende Straße und stieß auch dort auf die lärmende Menschenmenge der ferngerückten Wahlsonntage. Sie beobachteten das Entladen des Zirkus. Eine Frau aus einer Marktbude rief etwas, was den Hahn betraf. Versonnen ging er nach Hause, noch immer zerstreut, Stimmen im Ohr, als verfolgte ihn der Nachhall des Beifalljubels aus der Hahnenkampfarena.

An der Tür wandte er sich an die Kinder.

»Alle nach Haus«, sagte er. »Wer reinkommt, den jage ich mit dem Riemen raus.«

Er schob den Riegel vor und ging sofort in die Küche. Seine Frau kam nach Atem ringend aus dem Schlafzimmer.

»Sie haben ihn gewaltsam geholt«, schrie sie. »Ich sagte, er käme mir nicht aus dem Haus, solange ich lebe.« Der Oberst band den Hahn an den Fuß des Herdes. Verfolgt von der tobenden Stimme der Frau, wechselte er das Wasser im Napf.

»Sie sagten, über unsere Leichen hinweg würden sie ihn mitnehmen«, sagte sie. »Sie sagten, der

Hahn gehöre nicht uns, sondern dem ganzen Dorf.«
Erst als der Oberst den Hahn versorgt hatte, stellte er sich dem verstörten Gesicht seiner Frau. Er entdeckte ohne Verwunderung, daß ihr Anblick weder Gewissensbisse noch Mitleid in ihm auslöste.
»Sie haben recht daran getan«, sagte er seelenruhig. Dann, den Inhalt seiner Taschen prüfend, fügte er mit unergründlicher Sanftmut hinzu:
»Der Hahn wird nicht verkauft.«
Sie folgte ihm ins Schlafzimmer. Sie empfand ihn als völlig menschlich, doch so ungreifbar, als sähe sie ihn auf einer Filmleinwand. Der Oberst holte aus dem Kleiderschrank ein Bündel Banknoten, legte den Inhalt seiner Taschen hinzu, zählte das Ganze und verwahrte es im Kleiderschrank.
»Hier sind neunundzwanzig Pesos, die man meinem Gevatter Sabas zurückgeben kann«, sagte er. »Den Rest zahlen wir, wenn die Pension kommt.«
»Und wenn sie nicht kommt?« fragte die Frau.
»Sie kommt.«
»Aber wenn sie nicht kommt?«

»Dann zahlen wir eben nicht.«

Er fand die neuen Schuhe unter dem Bett. Holte den Karton aus dem Schrank, wischte die Sohlen mit einem Lappen rein und legte die Schuhe in den Karton, wie seine Frau sie am Sonntagabend gebracht hatte. Sie rührte sich nicht.

»Die Schuhe werden zurückgegeben«, sagte der Oberst. »Das macht dreizehn Pesos mehr für meinen Gevatter.«

»Die nehmen sie nicht zurück«, sagte sie.

»Sie müssen sie zurücknehmen«, entgegnete der Oberst. »Ich habe sie nur zweimal getragen.«

»Die Türken verstehen so etwas nicht«, sagte die Frau.

»Sie müssen es verstehen.«

»Und wenn sie es nicht verstehen?«

»Dann verstehen sie es eben nicht.«

Sie gingen ohne Abendessen schlafen. Der Oberst wartete mit dem Löschen der Lampe, bis seine Frau den Rosenkranz gebetet hatte. Aber er konnte nicht einschlafen. Er hörte die Glokkenschläge der Filmzensur, und fast sofort, drei Stunden später, das Hornsignal der Sperrstunde. Der rasselnde Atem der Frau wurde in der eisigen Luft des Tagesanbruchs mühsamer. Der

Oberst hatte die Augen noch offen, als sie mit ruhiger, versöhnlicher Stimme sprach.

»Du bist wach.«

»Ja.«

»Nimm bitte Vernunft an«, sagte die Frau. »Sprich morgen mit meinem Gevatter Sabas.«

»Er kommt erst Montag.«

»Um so besser«, sagte die Frau. »Dann hast du drei Tage, es genau zu überlegen.«

»Es gibt nichts zu überlegen«, sagte der Oberst.

Die schleimige Oktoberluft war von angenehmer Frische abgelöst worden. Der Oberst erkannte am Stundenzeichen der Rohrdommeln den Dezember wieder. Als sie zwei Uhr anschlugen, war er noch nicht eingeschlafen. Er wußte, daß auch seine Frau wach war. Er versuchte, seine Lage in der Hängematte zu ändern.

»Du bist wach«, sagte die Frau.

»Ja.«

Sie dachte einen Augenblick nach.

»Wir können das nicht machen«, sagte sie. »Bedenke, wieviel vierhundert Pesos auf einmal sind.«

»Es fehlt nicht mehr viel, bis die Pension kommt«, sagte der Oberst.
»Das sagst du seit fünfzehn Jahren.«
»Eben darum«, sagte der Oberst. »Es kann nicht mehr lange dauern.«
Sie schwieg eine Weile. Doch als sie wieder sprach, schien es dem Oberst, als sei keine Zeit verstrichen.
»Ich habe den Eindruck, daß das Geld nie mehr kommt«, sagte die Frau.
»Es kommt.«
»Und wenn es nicht kommt?«
Ihm versagte die Stimme. Beim ersten Hahnenschrei fand er in die Wirklichkeit zurück, dann fiel er in tiefen Schlaf, dicht und sicher und qual-los. Als er erwachte, stand die Sonne schon hoch. Seine Frau schlief. Der Oberst ging mit zwei Stunden Verspätung methodisch seinen morgendlichen Obliegenheiten nach und wartete mit dem Frühstück auf seine Frau.
Sie stand mit undurchdringlicher Miene auf. Sie wünschten einander einen guten Morgen und setzten sich schweigend zum Frühstück. Der Oberst schlürfte eine Tasse schwarzen Kaffee und aß dazu ein Stück Käse und ein Marmela-

denbrot. Er verbrachte den ganzen Vormittag in der Schneiderei. Um ein Uhr kehrte er nach Hause zurück und fand seine Frau beim Flicken zwischen den Begonien.
»Es ist Zeit zum Mittagessen«, sagte er.
»Es gibt kein Mittagessen«, sagte die Frau.
Er zuckte mit den Achseln. Er machte sich daran, die Löcher im Zaun des Innenhofs zu verstopfen, um die Schuljungen am Betreten der Küche zu hindern. Als er in den Hausgang zurückkam, war der Tisch gedeckt.
Während des Mittagessens begriff der Oberst, daß seine Frau sich bemühte, nicht zu weinen. Diese Gewißheit beunruhigte ihn. Er kannte den von Natur aus harten, durch vierzig Jahre Bitterkeit noch härter gewordenen Charakter seiner Frau. Der Tod ihres Sohnes hatte ihr keine Träne entlockt.
Er blickte ihr vorwurfsvoll in die Augen. Sie biß sich auf die Lippen, trocknete sich die Lider mit dem Ärmel und aß weiter.
»Du bist rücksichtslos«, sagte sie.
Der Oberst sagte nichts.
»Du bist launisch, dickköpfig und rücksichtslos«, wiederholte sie. Sie legte ihr Besteck über

Kreuz auf den Teller, doch gleich korrigierte sie abergläubisch die Stellung. »Ein ganzes Leben lang Dreck essen, um zuguterletzt weniger Rücksicht zu ernten als ein Hahn.«
»Das ist etwas anderes«, sagte der Oberst.
»Es ist dasselbe«, erwiderte die Frau. »Du solltest einsehen, daß ich im Sterben liege, daß das, was ich habe, keine Krankheit ist, sondern mein Todeskampf.«
Der Oberst sprach erst wieder, nachdem er sein Mittagessen beendet hatte.
»Wenn der Arzt mir garantiert, daß der Verkauf des Hahns dich von deinem Asthma erlösen kann, verkaufe ich ihn sofort«, sagte er. »Aber wenn nicht, dann nicht.«
Nachmittags trug er den Hahn in die Arena. Bei seiner Rückkehr fand er seine Frau kurz vor einem Anfall. Sie ging mit aufgelöstem, wehenden Haar im Gang auf und ab und rang mit ausgebreiteten Armen und pfeifenden Lungen nach Atem. Sie blieb dort bis zur frühen Nacht. Dann legte sie sich zu Bett, ohne ihrem Mann gute Nacht zu wünschen.
Bis kurz nach der Sperrstunde leierte sie Gebete. Dann wollte der Oberst die Lampe löschen. Doch sie erhob Einspruch.

»Ich will nicht im Dunkeln sterben«, sagte sie.
Der Oberst ließ die Lampe auf dem Fußboden stehen. Er fühlte sich zu erschöpft. Er wollte alles vergessen, in einem Zuge vierundvierzig Tage schlafen und am zwanzigsten Januar um drei Uhr nachmittags auf dem Hahnenkampfplatz genau in dem Augenblick aufwachen, wenn er seinen Hahn loslassen mußte. Aber er fühlte sich von der Schlaflosigkeit seiner Frau bedroht.
»Immer die gleiche Geschichte«, begann sie einen Augenblick darauf. »Wir hungern, damit die anderen essen. Es ist die gleiche Geschichte seit vierzig Jahren.«
Der Oberst bewahrte Stillschweigen, bis seine Frau sich unterbrach, um ihn zu fragen, ob er wach sei. Er bejahte. Die Frau sprach weiter in deutlichem, fließendem, unerbittlichen Tonfall.
»Alle werden an dem Hahn gewinnen, nur wir nicht. Wir sind die einzigen, die keinen Centavo haben zum Wetten.«
»Der Besitzer des Hahns hat ein Anrecht auf zwanzig Prozent.«
»Du hattest auch Anrecht auf einen Posten, als sie dich bei den Wahlen deinen Hals riskieren

ließen«, entgegnete die Frau. »Du hattest auch Anrecht auf deine Veteranenpension, nachdem du deine Haut im Bürgerkrieg zu Markte getragen hattest. Jetzt hat ein jeder sein gesichertes Leben, und du bist halb verhungert und vollkommen allein.«
»Ich bin nicht allein«, sagte der Oberst.
Er versuchte ihr etwas zu erklären, doch der Schlaf übermannte ihn. Sie redete gedämpft weiter, bis sie erkannte, daß ihr Mann eingeschlafen war. Dann schlüpfte sie unter dem Moskitonetz hervor und ging im stockfinsteren Wohnzimmer auf und ab. Dort redete sie weiter. Der Oberst rief sie bei Tagesanbruch.
Sie erschien in der Tür, geisterhaft, von unten durch die fast erloschene Lampe erleuchtet. Sie löschte sie, bevor sie unter ihr Moskitonetz zurückkehrte. Aber sie sprach weiter.
»Wir werden etwas tun«, unterbrach sie der Oberst.
»Das einzige, was man tun kann, ist den Hahn verkaufen«, sagte die Frau.
»Man kann auch die Uhr verkaufen.«
»Die kauft niemand.«
»Morgen werde ich sehen, daß Álvaro mir die vierzig Pesos gibt.«

»Er gibt sie dir nicht.«
»Dann wird das Bild verkauft.«
Als die Frau wieder sprach, stand sie von neuem vor ihrem Moskitonetz. Der Oberst roch ihren von Arzneikräutern getränkten Atem.
»Es kauft keiner.«
»Wir werden sehen«, sagte der Oberst sanft, ohne die Stimme zu erheben. »Schlaf jetzt. Wenn wir morgen nichts verkaufen können, denken wir uns etwas anderes aus.«
Er versuchte die Augen offen zu halten, aber der Schlaf übermannte ihn. Er fiel bis auf den Grund einer Substanz ohne Zeit und ohne Raum, wo die Wörter seiner Frau einen anderen Sinn hatten. Doch im nächsten Augenblick fühlte er sich an der Schulter wachgerüttelt.
»Antworte.«
Der Oberst wußte nicht, ob er dieses Wort vor oder nach dem Schlafen gehört hatte. Es tagte. Das Fenster stach von der grünen Helligkeit des Sonntags ab. Er dachte, er habe Fieber. Seine Augen brannten, und er mußte sich mächtig anstrengen, einen klaren Kopf zu bekommen.
»Was kann man tun, wenn man nichts verkaufen kann?« wiederholte die Frau.

»Mittlerweile wird der zwanzigste Januar sein«, sagte der Oberst in vollem Bewußtsein. »An dem Nachmittag werden die zwanzig Prozent ausbezahlt.«

»Wenn der Hahn gewinnt«, sagte die Frau. »Und wenn er verliert? Ist dir nicht eingefallen, daß der Hahn auch verlieren kann?«

»Es ist ein Hahn, der nicht verlieren kann.«

»Aber nimm an, er verliert.«

»Es fehlen noch fünfundvierzig Tage, um daran zu denken«, sagte der Oberst.

Die Frau geriet in Verzweiflung.

»Und was essen wir inzwischen?« fragte sie und packte den Oberst am Kragen seines Flanellhemdes. Sie schüttelte ihn heftig.

»Sag, was essen wir?«

Der Oberst hatte fünfundsiebzig Jahre, fünfundsiebzig Jahre seines Lebens, Minute für Minute gebraucht, um diesen Augenblick zu erreichen. Er fühlte sich rein, unbedingt und unbesiegbar in der Sekunde, als er antwortete:

»Scheiße.«

Nachwort

Dieter Zimmer verdanke ich die Anregung, den Titel von García Márquez' zweitem Roman *El coronel no tiene quien le escriba* bei der Neuübersetzung wörtlich zu übertragen: *Der Oberst hat niemand, der ihm schreibt.* Denn der Titel der vom Benziger Verlag übernommenen Fassung des Ostberliner Aufbau Verlags *Kein Brief für den Oberst* ist ungenau und irreführend, wie der Leser feststellen wird. Freilich ist die Titelwahl fremdsprachiger Bücher im deutschen Sprachraum keine Frage der Literatur, sondern der Verlagswerbung.

So hat auch der genannte Berliner Verlag den Titel von García Márquez' drittem Roman *La mala hora – Die böse Stunde* – mit einer der Bürgerpsyche teuren Metapher verdeutscht: *Unter dem Stern des Bösen,* ein Ausdruck, den García Márquez höchstens Gestalten seiner Bücher in den Mund legt, die er entlarven oder verhöhnen will. Ort der Handlung des Romans ist nämlich nicht der Schicksalsbereich der Sterne, sondern der Boden eines Dorfs in einer historisch bestimmbaren, von Menschen verantworteten »bösen Stunde«.

In diesem Dorf spielt auch die Geschichte vom Oberst.

Gabriel García Márquez hat sie in Paris geschrieben und beendet, im Januar 1957, mit neunundzwanzig Jahren. Als Europaberichterstatter der kolumbianischen liberalen Tageszeitung »El Espectador« hat er die Lehre des Journalismus für seine Optik und seinen Stil genutzt, denn die William Faulkner entlehnte Sprache seines Jugendwerks *Laubsturm* wäre für das, was er fortan auszudrücken suchte, ein Mißgriff gewesen. Seit geraumer Zeit schrieb er an einem Buch über die Geschichte der illegalen Flugblätter in seinem Land, das *La mala hora – Die böse Stunde* heißen sollte; eine Episode des Romans, in der wir das Stichwort – Böse Stunde – wiederfinden, handelte von dem wartenden Oberst.

»Ich hatte das Gefühl, Französisch zu schreiben«, erzählt der Autor über die Entstehung des Buchs, dessen Sprache so klar, so knapp und knochendürr ist wie die Gestalt seines Helden. García Márquez war entschlossen, schreibend gegen die verbrauchte Verballiteratur seines

Landes einzuschreiten und dem Wort seinen angestammten Wert zurückzugeben. »Ich schreibe nur über Dinge, die ich kenne. Über Menschen, die ich gesehen habe.« Zum Beispiel über seinen Großvater, der als Oberst in den Bürgerkriegen des Landes gefochten und eine zweitrangige politische Stellung in der Dorfhierarchie von Aracataca, seinem Geburtsort, innegehabt hatte. Auch einen wartenden Alten hatte er einmal gesehen; Hahnenkämpfe sind ein Volkssport an Kolumbiens Atlantikküste. Und an anderer Stelle: »Ich bin nie sicher, ob und wo heute meine Texte passen und was sie bedeuten. Meine Frauengestalten sind sehr männlich. Von Erotik ist in meinen Büchern wenig die Rede.«

Des Autors Pariser Glückssträhne beim »Espectador« war von kurzer Dauer; auf Druck der Diktatur Rojas Pinilla mußte die Zeitung 1955 schließen. In seinem trüben Zimmer des »Hôtel de Flandre« im Quartier Latin wartete Gabriel García Márquez vergebens auf seinen Monatsscheck. Schließlich schuldete er dem Hotelier eine Jahresmiete, 123 000 alte Franken, für die damalige Zeit eine enorme Summe, und lernte den Hunger kennen, den Hunger seines Obersten, ein Übel, bei dem Kopf und Eingeweide halluzinierten. So entstand der aus *La mala hora* herausoperierte, kürzeste Roman der zeitgenössischen lateinamerikanischen Literatur, der das Hauptthema des Kontinents, die Gewalt, mit Zorn und dessen Menschen mit Zärtlichkeit behandelt: *El coronel no tiene quien le escriba* – eine Bemerkung des Postbeamten zum Arzt, dem Freund des Oberst, angesichts des allwöchentlich mit der Barkasse ankommenden Postsacks, der seit fünfzehn Jahren nicht den erwarteten Brief bringt. Übrigens war das Verfahren, Geschriebenes aufzutrennen, für den Autor nichts Neues: Schon die Erzählung *Isabel beim Betrachten des Regens in Macondo*, heute ein Anthologiestück in vielen Ländern, hatte er aus *Laubsturm* entfernt und zunächst verworfen. Die Geschichte vom Oberst erschien zuerst 1957 in der Zeitschrift *Mito*, Bogotá, 1961 als Buch in Medellín. Seither lesen es Hunderttausende von Lateinamerikanern immer wieder, angehende Schriftsteller buchstabieren es wie eine Fibel.

Der Oberst, ein fast kindlicher Rebell, der eine saubere und gerechte Welt sucht, wartet seit fünfzig Jahren, wie der allwissende Erzähler berichtet, sofern seine Rechnung stimmt. Rechnen wir nach: Die Geschichte spielt 1956, kurz nach der Nationalisierung des Suezkanals, und der Oberst ist fünfundsiebzig Jahre alt. Demnach muß er 1881 geboren sein, anscheinend in Manaure, wo er die Volksschule besuchte. Mit zwanzig, so heißt es, wurde er Oberst und kämpfte, um die Republik zu retten, er tat seine Pflicht und hat sich seither nicht mit der Niederlage abgefunden. Seit der Übergabe von Neerlandia, wo er gegen das Versprechen der Sieger, mit einer Veteranenpension entschädigt zu werden, als Schatzmeister der Revolutionsarmee die Kriegskasse abgeliefert hat, kennt er keine ruhige Minute mehr. Nach dem Krieg lebte er in Macondo, das wir aus *Laubsturm* kennen, bis der eklige Geruch des Bananenfiebers ihn in das namenlose »Dorf« vertrieb. Nach Neerlandia wartete er zehn Jahre, damit das gegebene Versprechen eingelöst werde, nach weiteren neunzehn Jahren wurde das Veteranengesetz verabschiedet. Die Anerkennung seines Rechtsanspruchs dauerte acht Jahre; weitere sechs Jahre benötigte er, um am 12. August 1949 auf die Warteliste gesetzt zu werden. Seither sind sieben Jahre vergangen.

Wie sieht dieses Dorf ohne Namen aus? Es gleicht zum Verwechseln dem alten Macondo, einem typischen Tropendorf der kolumbianischen Tiefebene, der Magdalenenniederung, mit seiner Hitze, seinen Platzregen, seinen Moskitos, mit seinen Mandelbäumen und Rohrdommeln. Doch während Macondo mit der Atlantikküste durch eine Eisenbahn verbunden ist, hält das Dorf den Kontakt zur Außenwelt, zur Hauptstadt, durch einen Flußhafen aufrecht. Macondo war 1928 der verfallende Sitz dahinsiechender Gründerfamilien, im Dorf herrschen 1956 die zugereisten Neureichen wie Don Sabas, der mit der Macht paktiert, mit dem Bürgermeister, einem Militär. In *Laubsturm* erzählen die Beteiligten individuell, aus der inneren Optik, statisch, schleichend, dem Tode entgegenstrebend. Die Geschichte des Dorfs wird von außen erzählt, aus der objektiven, historischen und sozialen Perspektive, aus einer Gegenwart, die in die jüngste und die ferne Vergangenheit zurückgreift. Auch hier stagniert das Leben, ein Halbleben mundtot gemachter Menschen, freilich unter einer Militärdiktatur mit ihrem Ausnahmezustand, der in Fleisch und Blut der Bewoh-

ner übergangen ist als Normalzustand. Dennoch warten sie, hoffen sie auf Veränderung, auf Befreiung, die meisten passiv, wenige aktiv.
Die Aktivsten sind der Arzt, die Gesellen der als Widerstandszelle mit einem Plakat »Politische Gespräche verboten« getarnten Schneiderwerkstatt, der Oberst mit seinem Hahn, einem Erbstück seines Sohnes Agustín, der wegen Verteilung illegaler Flugblätter in der Kampfhahnarena von der Polizei ermordet worden war.
García Márquez nutzt seine Dorfgeschichte zur Darstellung des Konflikts zwischen Geist und Macht. Der Geist schlummert in dem ahnungslosen Kampfhahn, der sich bisweilen seltsam menschlich gebärdet und den der Oberst schließlich nicht verkauft, zugunsten eines höheren Ziels, das noch Utopie, noch Illusion ist. »Die Illusion kann man nicht essen«, sagt seine Frau. »Aber sie nährt«, erwidert der Oberst, am Rande des Wahnsinns. Und damit verlacht er seine eigenen Übertreibungen und setzt sich wieder ein ins menschliche Maß. García Márquez gebraucht seinen Humor, seine »burla«, seinen Sarkasmus als Ausdrucksmittel, mit dem er die ausweglose Lage des Oberst einerseits verschärft und dadurch andererseits entschärft.

Als die persönliche Krise des Oberst und seiner asthmatischen Frau ihren Höhepunkt zu erreichen scheint, tritt der »deus ex machina« auf den Plan, der Zufall: Der Oberst sieht den ihm aus dem Haus entwendeten Hahn beim Training in der Arena siegen, umjubelt von den »jungen Leuten, allen jungen Leuten des Dorfs«, und die heiße, bebende Zähigkeit des Hahns bewirkt die Wandlung in dem Alten, der plötzlich weiß, »daß er nie etwas so Lebendiges in den Händen gehalten hat«. All die Jahre war er einsam gewesen, denn seine Kriegskameraden waren »über dem Warten auf die Post gestorben«. Jetzt ist er nicht mehr einsam, denn er weiß: Der Hahn, absurde Weihe, Sinnbild des Widerstands, Fanal der Freiheit, gehört nicht ihm, nicht den Fans, »sondern dem ganzen Dorf«, das erwacht ist aus seiner Lethargie, aus der Frucht zehn Jahre währender politischer Ohnmacht. Der Ring der Einsamkeit ist aufgesprungen und hat ihn zur Gemeinsamkeit befreit – Gabriel García Márquez' Hauptthema, sofern er andere hat. Von einer Sekunde zur anderen nimmt der Oberst einen Richtungswechsel vor: Sein bislang zurückgewandtes Auge blickt vorwärts. Die persönliche und die politische Existenz verschmelzen ineinander, und der Oberst, einst unbewußter Rebell, jetzt bewußter Revolutionär, zieht nach Hause, den siegreichen Hahn unter dem Arm, gefolgt von der jugendlichen Dorfbevölkerung, der er fortan angehört mit Herz und Eingeweiden.

Viel ist in diesem Buch die Rede von den Eingeweiden des Oberst, die seine Schwäche sind und zugleich seine Stärke. Das Zentrum des lateinamerikanischen Menschen ist offenbar nicht der wankelmütige Kopf, sondern es sind die *visceras* oder Weichteile, die *entrañas* oder Eingeweide. Ihre Bedeutung und Synonyme sind: das Intime, das Innere, Netz, Gekröse, Zentrum, Essenz, Wille, Affekt, Wesen, Genie, Charakter, Seele, Herz, Mitgefühl, Herzinnerstes. Kurz: das Sonnengeflecht, der vegetative Kern, das Mark, wo sich die emotionale Ordnung vollzieht, im Gegensatz zur rationalen Ordnung nördlicher Breitengrade. Wo wir uns auf Institutionen stützen, verläßt der Lateinamerikaner sich auf seinen offenbar intakten Instinkt.

»Der Oberst hatte fünfundsiebzig Jahre, fünfundsiebzig Jahre seines Lebens, Minute für Minute gebraucht, um diesen Augenblick zu erreichen.« Um bereit zu sein, »Scheiße« zu essen.

»Inter faeces et urinas nascimur«, schreibt ein Kirchenvater. Analog dazu könnte man sagen: Bis zum Grund, bis zur Grube der Existenz muß der Mensch hinabfahren, um ins Leben geboren zu werden, um sein Ich abzuschütteln, um – spanisch gesprochen – die Vorsilbe *des* von »desesperanza« abzustoßen wie einen vermoderten Schwanz, wie eine Schlacke, wie einen Makel. Viele bedürfen der Hymnen, dem Oberst genügt ein Hahn.

Curt Meyer-Clason

GABRIEL GARCÍA MÁRQUEZ
DIE LIEBE IN DEN ZEITEN DER CHOLERA

Roman
Titel der Originalausgabe:
El amor en los tiempos del cólera
Aus dem kolumbianischen Spanisch von Dagmar Ploetz
Leinen

»Gabos komische, ironische, traurige Geschichte von Liebe und Vergänglichkeit ist vom handfest- und dauerhaft-robusten Stoff der großen Literatur.«

Gunar Ortlepp, Der Spiegel

»Dieses Buch ist ein seltener Glücksfall in der Literatur, wie es ihn höchstens alle hundert Jahre einmal gibt.«

Beate Pinkerneil, ZDF

»Nichts auf dieser Welt sei schwieriger als die Liebe, meint Fermina einmal. Ein wenig widersprechen darf man ihr schon. Denn eines ist vielleicht noch schwieriger: das Schreiben eines Liebesromans, der diesen Namen auch literarisch verdient. Gabriel García Márquez hat ihn geschrieben. Dieser neue Roman ist der Hymnus auf die absolute Liebe.«

Jochen Hieber, Frankfurter Allgemeine Zeitung

»Gabriel García Márquez zu lesen, bedeutet Liebe auf den ersten Satz.«

Carlos Widmann, Süddeutsche Zeitung

Das Buch

Seit fünfzig Jahren wartet der Oberst auf einen Brief der Regierung. Er hat bei einem Militärputsch auf der falschen, der republikanischen Seite gestanden, und seitdem müssen er und seine Frau hungern. In dem namenlosen kolumbianischen Dorf herrscht der Ausnahmezustand der Militärdiktatur, der als Normalzustand gilt. Das Leben stagniert, dennoch warten die Menschen, hoffen auf Veränderung, auf Befreiung, die meisten passiv, wenige aktiv. Schließlich ist der Oberst am Ende. Das Postboot, auf das er jeden Freitag wartet, bringt keinen Brief, keine Bestätigung der erhofften Veteranenpension. Der letzte Besitz des alten Mannes und seiner kranken Frau ist ein Kampfhahn, das einzige Andenken an den Sohn, den die Polizei erschossen hat, weil er Flugblätter verteilte. Der Hahn muß verkauft werden, der reiche Nachbar wartet schon darauf. Der Oberst zögert, das Tier in fremde Hände zu geben. Aber erst beim Hahnenkampf in der Arena, als die jungen Leute des Dorfes ihm zujubeln, wird dem Oberst bewußt, daß sein Hahn das Symbol der Hoffnung und des Widerstands ist.

Der Autor

Gabriel García Márquez, am 6. März 1928 in Aracataca (Kolumbien) geboren, schrieb zunächst Filmdrehbücher, dann Erzählungen, Romane und Reportagen. 1982 erhielt er den Nobelpreis für Literatur. Einige Werke: ›Laubsturm‹ (1955), ›Hundert Jahre Einsamkeit‹ (1967), ›Die böse Stunde‹ (1974), ›Der Herbst des Patriarchen‹ (1977), ›Chronik eines angekündigten Todes‹ (1981), ›Bericht eines Schiffbrüchigen‹, ›Die Geiselnahme‹ (1982), ›Die Liebe in den Zeiten der Cholera‹ (1985).